每一粒沙
都有一个地址

姜文彬 著

四川文艺出版社

图书在版编目（CIP）数据

每一粒沙都有一个地址 / 姜文彬著. — 2版. — 成都：四川文艺出版社，2019.3（2023.1重印）

ISBN 978-7-5411-5280-1

Ⅰ.①每… Ⅱ.①姜… Ⅲ.①散文诗—诗集—中国—当代②随笔—作品集—中国—当代 Ⅳ.①I217.2

中国版本图书馆CIP数据核字（2019）第028000号

MEIYILISHADOUYOUYIGEDIZHI

每一粒沙都有一个地址

姜文彬 著

责任编辑	朱 兰 蔡 曦
封面设计	姜之未
内文设计	史小燕
责任校对	王 冉

出版发行　四川文艺出版社（成都市锦江区三色路238号）
网　　址　www.scwys.com
电　　话　028-86361802（发行部）　028-86361781（编辑部）

排　　版　四川最近文化传播有限公司
印　　刷　三河市嵩川印刷有限公司
成品尺寸　165mm×235mm　　　开　本　16开
印　　张　15　　　　　　　　　字　数　180千
版　　次　2019年3月第二版　　印　次　2023年1月第四次印刷
书　　号　ISBN 978-7-5411-5280-1
定　　价　45.00元

每一粒沙

都有一個地址

目录

闪烁的海贝

——姜文彬先生散文诗集《每一粒沙都有一个地址》序

海　梦

　　结识姜文彬先生，已有若干年了，但相见不多。他是一个内敛而又热情的朋友，对待生活十分低调，处事为人又十分认真负责。这个印象，每见一次加深一次，这是一种修炼，一种美好的人品，一种精神素质较高的体现。虽然，他在一些公共场面并不张扬自己，但他却在细心观察，冷静思考，对周围发生的一切，有自己独立见解，是一位谦逊得让人十分钦佩，颇具才华的诗人。读他的散文诗稿，印证了我的看法。

　　《每一粒沙都有一个地址》是他第一本散文诗集，也是他多年心血的结晶。题材面涉及很宽，生活、工作、友谊、爱情、大自然、以及人生哲理等等，无所不包。看起来似乎有些杂，但杂而不乱。整个作品有根红线串起，形成一个真善美的光环，这些作品就是这根红线串起的珍珠。也像春天原野里一根青藤上结满的甜果，晶莹闪亮，又美又甜，令人沉醉。他的创作思路，十分清晰透明，有自己的追求，颇具淡远的艺术特色。他不是简单的见啥写啥，而是有感而发，写深写透，写出心中对生活的感悟，写出事物的本质，写透人物的内心和情感世界的喜怒哀乐，如《樱桃树》：

无需等候，无需猜测，注定的时刻在铁色的枝桠上挤出密密麻麻的芽苞是与春天最初的约定。

……

这段文字写得多么优美、生动、含蓄、拟人化，把一群春姑娘迫不及待地要来到春天的心情，用一个"挤"字形容得栩栩如生。"铁的枝桠"也用得好，写出了樱桃树自身的特点，不同于其他树。作者不用红橙黄绿青蓝紫去形容树枝，而"铁色"二字，说明作者观察生活十分细心。"芽苞与春天最初的约定"这是一句点睛的语言，表达这些"芽苞"十分守信，每年春天最早来到人间，给人带来欢乐，带来甜美的生活。

文彬先生的艺术特点，与表现手法，值得我们学习研究，他把描写、抒情、雕塑几种表现手法综合在一起，来展示描写对象的风貌、性格和思想感情，把他们的内心世界写深写透，启承转合，如同汩汩流泉，有声有色，让人耳目一新。

追"新"，恐怕是作者的艺术方向，再举这篇作品中一段描写：

攀摘是从春天的缝隙开始，拨开叶子的嫩绿，是一种裸体的晶莹。

果实细长之柄，支撑或悬挂着重重叠叠的诱惑，一只飞鸟与另一只飞鸟相约去偷吃禁果。

这段描写由近而远展开了一幅大自然春天的美景。近，是樱桃甜美，但他不这样描写，而是用"裸体的晶莹"来形容，多么有创意！远，是"一只飞鸟与另一只飞鸟相约去偷吃禁果"，"禁果"让人产生无限的遐想，是对爱情的追逐？是对新生活的探寻与向往？总之，这个境界多么辽阔、宽远由读者去想象。浮现在眼前的是天高云淡，一群鸟儿朝向一棵缀满红亮的樱桃树飞来，让人回忆起童年在家乡爬樱桃树偷吃樱桃的情景，十分亲切。

追求新境，新意，新的形象和新的情感，在这部著作中许多篇章都体现了这一特点。比如《藤蔓》中"一粒刚降临的雨滴与一粒新萌生的芽苞在清晨相遇，亲密的接触就像少男少女短暂而又深情的初吻"，多么生动、形象，感人。《梅子酒，女人香》又从另一角度来描写生活的新意。"拔出瓶塞，打开尘封的生活/女人之舌，味蕾在舌尖上舞蹈/女人饮梅子酒/男人饮女人香/谁与谁醉。"这是写感觉，写一种玄妙的意象。"味蕾在舌尖上舞蹈"这个句子写得多么精彩，把女人饮酒那种神态展示得活灵活现，尤其"男人饮女人香"这句尤为出彩，写出了女性的柔美，男性的多情，恋人之间甜蜜的温存，表达极为独特。这类作品在书中俯首即拾，几乎篇篇如此，一个"新"字概括了全书。

散文诗和任何文学作品一样，必须要有新意。新是作品的生命力，没有新意便失去了灵魂，只是一只干枯的躯壳，谁会喜爱？

新，不只是构思立意要新，语言，形象都要新。新，就是别人没有发现，或者想写而又写不出的东西。

一篇完美的散文诗，只有新还不够，还要美、精、含蓄、空灵、意境开阔、形象立体化。姜文彬先生的作品这些优点都具备，只觉得句法的转折太多，稍嫌铺张，读者会感到换气困难，一气读不完。如果作者忍痛割爱，句法再精短一些，那就非常完美了。祝愿姜先生诗海拾贝，按自己的习惯，把生活中的海贝、珍珠全部装进你散文诗的行囊。

全书一百九十多篇作品，琳琅满目，佳作连篇，我就不再一一列举和细谈了，留待读者去细细品赏。最后我想谈一谈作者对散文诗的感情和追求。从后记中我们得知，他很早就阅读过郭风的《竹叶上的珍珠》，柯蓝的《早霞短笛》，鲁迅的《雪》，朱自清的《春》，郭沫若的《山茶花》，巴金的《日》《月》以及屠格涅夫等国内外一些大家的作品，为他后来写散文诗奠定了厚实的基础。因此，他在1984年所写的处女作《塔》便受到文学界前辈的关注。三十多年来，他写过不少作品，但向报刊投稿甚少，虽然他的《岁月的痕迹》2009年获得过"祖国杯"全国散文诗大赛优秀奖，但他依然如故，十年来默默耕耘着自己心灵上这方热土，不图名不求利。他说：散文诗是他"血脉和心灵深处流动的滚烫的潮汐，从日出到日落，从黑夜到白昼"，已经成为他生命的一部份。这是一种大爱，爱人类精神领域的阳光草地，爱我们祖国的美丽文化。这是炎黄子孙的赤子情怀。所以他才能潜下心来阅读，写作与观察生活，写出那么多优美诗篇。我们祝愿他百尺竿头更进一步，写出更多的散文诗精品。

（本文作者系中国作家协会会员，中外散文诗学会主席，《散文诗世界》总编辑，著名作家。）

松 果

仰望或是平视或是俯瞰。

悬挂成金钟。

内心隐藏的秘密勾起一只松鼠上蹿下跳的欲望。

犀利的目光津津有味地剥着粗糙而厚实的鳞片。

鱼是水中的同类？只是一万年被抛出那片蔚蓝的海域之后再被历史风干。

疼痛像一种流行的病毒从一丛横斜的松枝传播到另一丛横斜的松枝。

或者被咀嚼或者被沤腐或者被在熊熊的火塘化成灰烬。

一种归宿在把另一种归宿艳羡，一种归宿在把另一种归宿中伤，一种归宿在把另一种归宿蔑视。

悬挂成金钟。

等待智者敲击。

藤 蔓

藤蔓牵引着月光。

一片一片嫩绿的叶子装饰着没有打开的窗子。

一双孤寂而又好奇的脚步陪伴着滴滴嗒嗒的檐雨敲打着晨光的宁静。

握在手中的清新像一杯牛奶滋补着早晨饥饿的眼睛。

一粒刚降临的雨滴与一粒新萌生的芽苞在清晨相遇，亲密的接触就像少男少女短暂而又深情的初吻。

隐秘的世界遮挡成一幅印象或水墨，只有爬满墙壁的青藤既走向清晰又纵横交错。

藤蔓很近。

月光很远。

你的嘴唇是我的呼吸

你的嘴唇是我的呼吸。

当你的手握着这个下午一半的时光而闭上眼睛的时候，让我靠近你就像一只倦鸟抵达鸟巢继而抵达你的内心。

我一丝的震颤惊醒你了吗？

你的眼睛盯着一句话的风景微笑，像糯玉米整齐排列的洁白的牙齿裂开轻咬我的疼痛。

一粒鲜红水灵的樱桃触到了你的唇，一杯轻摇溢香的红酒靠近了你的唇。

一种期待如一列铁轨上飞驰的火车因驶进一个小站而急停。

惯性在既定的轨道上滑行。

嘴唇和呼吸若即若离。

冬日的原野

冬日的原野。

一片被翻耕过的红褐色的瘦土静静地晾晒，湿漉漉地新鲜着，浪长成接连不断的高于地平线的守望。

麦田里钻出地表的麦苗稀疏成黄毛丫头的一把头发在一窝一窝地泛青……风中，频频地点头传递着发育的消息，绿色的植物们争夺着从层层雾霭中走失的阳光，饱食一顿暖胃的午餐是互不相让的奢望。

几只麻鸭疏落有致地在水田边角啜破天边的云影，寻寻觅觅，留下水波画出的浪漫轨迹。

田埂或土坎那些修出细长树干的柏树举着一团一团的青翠长年累月经久不衰，偶尔有麻鸭的嘎嘎之声和留守老人粗重的唤声缠绕在暮色之中而打破孤寂。

我的影子在冬日深沉的水田或荷塘的枯枝败叶间一闪而过。

留守或旅行四目相对。

日子翻开一页又一页。

风景长在村庄，思念停泊异乡。

小睡风致

在叶的掩护下，一只虫子慵懒地爬进阳光的被窝，调皮的头颅犹如一颗摇响的绿色铃铛。

河风凝固，水气蒸腾成一种意识的流动。

自下而上。

一只水鸟停泊于高高树枝的悠然摇晃成蓝色湖面上泛起弧线的音符，

宁静被一双翅膀的力量击碎。

船只与港湾的距离。

桅杆与挥起手臂的距离。

望眼欲穿的距离。

屋檐雨线的距离。

动静之间，爱就这样简单。

藏而不露的美餐在湖面之下搅动悬空的胃囊，

想象是一种有鳞的游动。

饥饿无从下口。

梅子酒女人香

寻寻觅觅。

幽黑的梅子与幽黑眼睛黏连成一粒粒惊喜。

梅子，这个季节最珍贵的情人。

用浓烈的酒浸泡你。

用甘醇的蜜滋养你。

一颗女人的营养慢慢地渗出被储存在晶莹剔透的瓶罐。

这是一种酒的味道，这是一种女人的味道。

拔出瓶塞，打开尘封的生活。

女人之舌，味蕾在舌尖上舞蹈。

女人饮梅子酒。

男人饮女人香。

谁与谁醉？

樱桃树

静静地伫立。

枝桠如掌的密集瘦削地刺向无风的冷，曲尺转角的一隅是你孤独的安慰和依靠。

无需等候，无需猜测，注定的时刻在铁色的枝桠上挤出密密麻麻的芽苞是与春天最初的约定。

于是，我把你含在眼里。

一种爱怜是一种滋润。

一种滋润是一种孕育。

一种孕育是一种回报。

花开的声音，次第打开花瓣的声音。

从一角传导向金色大厅而像淡淡幽香随音乐飘散。

静静地伫立。

绿色的果实如一粒粒铅弹洞穿飞翔的肺叶。

在夜间膨大，在白昼染黄染红，弹珠滚过霞光凝结成一串串成熟的啼血。

攀摘是从春天的缝隙开始，拨开叶子的嫩绿是一种裸体的晶莹。

果实的细长之柄支撑或悬挂着重重叠叠的诱惑。一只飞鸟与另一只飞鸟相约去偷食禁果。

而在城镇的闹市或小街一旁的人们却是在各取所需。

于是，我把你含在嘴里。

树是风景，果实是灵魂。

风景和灵魂。

城市与乡村。

一种交换，一种熔化，一种融和。

河　流

平静如绸，

河流在我的视线下铺开。

田畴装饰着河流，芦苇装饰着山岗，村舍装饰着家园，雨丝装饰着寒冬……

眼睛在翻阅着平常而真实的画册，感动源远流长。

顺流而下或逆流而上。

小溪汇入河流的过程，竹排或木筏漂流的过程，飞鸟追逐浪花的过程，船只横渡岸与岸的过程。

鱼在河的内心自由地穿梭成一种母亲对儿女成长的牵挂，快乐就像密集的鳞片围绕在身体的各个部位。

捣衣的声音流离失所，一叶扁舟仍在不知疲倦地从鱼类的一个聚集地赶往另一个聚集地，捕捞是他漂泊不定的主题，漂泊是他既定不变的人生。

河流在他的视线下铺开。

潮水涌动。

梨花，雪白的精灵

一簇簇的雪白，停歇在春天的枝头。

一枚锃亮的铜牌钉于我的视线，一百六十八年。

在你遒劲皲裂的枝柯，结着青春的气息和果实。

你没有年轮，只有花期。

我一朵一朵地读你静静的开放，

读与历史无关的话题，

你的笑靥没有一丝沧桑。

我一朵一朵地读你静静的厮守。

读孕育爱情的季节，

我的眸子充满你秋天的味道。

我一朵一朵地读你像小鸟儿一样传过来的喊喊私语。

在古老的梨树下，我们品尝着另外的果子而温习着梨的味道。

瓷　器

想象是一种美好的事物。

就像一件精美的瓷器，浑圆、光洁、细腻、凝脂似的，油然而生亲近你的欲望。我的手指像一滴晶亮的露珠在晨间翠绿的叶片上轻轻地滑过你的胴体。

闭上或睁开眼睛，饱含的热泪在慷慨地滋养一种泛滥的情感。

轻轻地想打破一种难耐的默念和宁静，就会无端地生长出硬物轻击河流漩涡般光滑流畅的边缘而发出清脆悦耳的磬声的杂念。

总是把贪婪扼杀在摇篮之中。

耽于轻触的伤害就会像敲碎月光一样散落一地而无法收拾记忆的残片。

静静地置于心灵的搁架之上，像一件尤为珍贵的古董，精心收藏，呵护一生。

纤尘不染，浸出新鲜的釉色。

城市的梧桐

光秃秃的枝桠撑满视野，冬日随着几场夜雨的洗濯生出湿漉漉的春意。

牵挂着绿的芽苞从凝集在树枝上亮晶晶的雨滴中破壳而出。

眼睛在遒劲的枝干上爬上爬下，就像一个调皮的娃娃在找寻带着乳香的豆粒。

星星点点的苞蕾呶着小嘴，慢慢打开包裹得严严实实的绿的旗语，叶如雀舌。

叽叽喳喳吵过白天与黑夜之后，绿的音符此起彼伏地缀在粗枝细条上，春天的话题氤氲地弥漫开去。

叶一发而不可收，暴露青春的冲动和崭露头角的欲望争先恐后，叶激动起来；

叶扩张着，像指甲、像蝴蝶、像婴儿的手掌……叶丰满起来；

叶对生着，交错着，重叠着，在有秩序的队伍中拥来挤去……叶丰富起来。

徜徉于绿叶遮盖的道路，我的肌肤、我的眼、我的鼻、我的嘴唇、我的喉咙、我的肺、我的血脉……都被满树的新叶熏染绿了，调和了绿的空气驰荡开来，叶子的气味刺激着敏感的神经，身体浸在绿意盎然的氛围中，心醉绿里。

　　乘车行进在街树簇拥、枝柯相接、绿叶掩映的长廊之中，迎面扑来的景致应接不暇，穿越绿色隧道的感觉爽心悦目；而每遇红灯，不同路段的绿又以各异的风姿粲然定格于多情的眸子，叶扑楞着缤纷的翅膀扇动一颗红萝卜般透明的心飞向窗外悬挂在汁液饱满的树枝上。

　　站在这座城市的高楼推窗凭栏，街树的枝叶分割下投的目光，车流从绿的空隙地带穿梭而过，跟踪五颜六色的铁甲虫沿着笔直的长街从视线中消失于绿的洞穴。

　　心情在沿途的风景上流连忘返。

门

谁站在情感交界的门槛，

行囊空空。

唯一的钥匙能打开富甲一方的咒语？或许只能永远伫立一贫如洗的
风中。

上帝在黑暗的一角抽签。

一颗忐忑的心荡漾在波峰浪谷，疲惫支撑起犹豫的信念。

铁锤敲击生锈的钟声。

钥匙被拒绝在门之外。

泪眼被温柔的手遮住了阳光和熟悉的身影，谁在低头抚摸受伤的
爱情。

钥匙依然如故，锁已在那个多雨的季节改变了颜色。一片青翠欲滴
的叶子被锯割得疼痛难忍。

唯一的钥匙打不开唯一的门。

谁说，是钥匙的悲哀。

谁说，是门的不幸。

一只大鸟歇在夜的背景上

一只大鸟歇在夜的背景上，

竖起的翅膀定格为欲飞的姿势。

她在积聚情绪和力量——想飞起来。飞起来让翅膀拍打树，拍打密密的叶子，拍打斑斓的月光和青草蘑菇的气息。

振翅而飞。

扇动的翅膀掠过循环往复的弧线，探着熟悉的轨迹穿过重重叠叠的夜编织的隧道，沿途激起叶子的掌声呢喃若浪。

驻足谛听。

唯有震颤如音波扩散向树的边缘。

之后，

一只大鸟仍歇息在夜的背景上，就像什么也没有发生。

约 会

　　纤瘦的身材，飘曳的长发，手中的《飘》的序言……眸子与眸子的对接掀开一大片迷人的风景，在爱情面前遭遇一回阳光灿烂的日子。

　　轻轻一仰头的爱意流淌成绿树成荫的花溪，一个身影艰难地完成一次美丽的泅渡，信念的绳索若即若离。

　　绿盈如绸。

　　两只水鸟短暂的相聚又各自东西的翼翅在波光粼粼的水面只留下一丝游动的擦痕，写满星星点点问候的帆在水天一色的边缘转瞬即逝。

　　你的音信如漏网之鱼潜入婀娜水草的深处，一无所获的打捞让我精疲力竭的心情如冬天树挂之冰棱晶莹沉重，相思如茧，包裹一颗驿动的心是温暖之唯一。

　　我仍咀嚼着眸子与眸子对接的那一瞬你深不可测的一汪清泉溅起的涟漪度日如年，而窗外却有你的柔情我永远不懂的歌词与你的靓丽一起折磨夜的宁静。

　　我的情感历程在受伤结痂之后又被相思之刀切割出疼痛的伤痕。

　　爱是唯一的药？！

行进中的船

黄昏，恣意地涂抹在宣纸上的颜色悄悄地黯淡下去。

野渡。

女人是唯一的过客，男人是唯一的水手。

轻轻一点竹篙，静物写生就破了。

于是，水托举着摇曳的情绪骀荡开来，浪承载着一种经历颠来簸去，船饱含着欸乃的桨声驶过河流的波光粼粼。

舵逶迤而走，航线依旧——起伏的心事划出疼痛的伤痕。

很多古老的传说和动听的故事流经湍急的漩涡之后便沉淀下来，而深水中的鱼们已将它传播四方。

摇，

摇呵摇……

桨搅动起细腻的浪花附着在船体的边缘，晃动的是山倒映水中迷醉的风景。

当水手把她渡上彼岸而动人的倩影消退于夜色之中的时候，他的眸子像江面上的一盏渔火燃起意念，经历一种过程之后的美丽被茂密的睫毛叶编织的栅栏囚禁起来而珍藏一生。

山

你侧卧于大地之上，静静地我碰触到了你绿色心脏的跳动。

慢慢地靠近你，像一条淙淙的溪流缠绕在你的身傍。帆，泊在粼粼的水面上；锚，如钉钉木；随波逐流的是无生命的叶子；丰茂的水草被细腻的浪花梳理成飘逸的景致，一串鱼的呼吸在流水之上跌宕行进。

欲望的手从嚅动的喉管的深处伸出抚摸山的起伏，蓊蓊郁郁的情节连绵不断。

敏感的树冠在风中摇曳态若醉汉，密密的松针把藏在山里的生命扎醒了，瞪大眼睛在静谧的一角聆听大山的秘密。一只活蹦乱跳的松鼠从高高的松枝上攀摘到了一颗又一颗新鲜的松果，它咀嚼着并发出甜蜜的啧啧的声响。

青翠欲滴的景致招惹得我的视线无止境地开采过去，沿着山中那一道幽径，我跋涉在浓荫蔽日的梦中。

蓝莹莹的时光打磨着意志的坚强，我踩着一首歌的节拍攀登高峰，跫音袅袅如雾缭绕在沿途的波峰浪谷之上。

菊香盈路

有秩序地排列过去，就像一串串精致的音符，沿着红砖铺就如琴键的路径。

目光如蝶，逐着菊香翩然。

是陶渊明南山东篱下的那一簇，还是元稹偏爱的那几棵……

属于我的菊呢？

蝶停在紧靠青藤篱笆墙的那一朵，我的思绪走得很远。我们预约去看红叶或去赏菊，而一场秋雨之后，鸽子却没有传来你的消息。

徜徉在偌大的菊园，身边关于菊的话题此起彼伏。

迷路的蝶仍不能把采摘到的精彩投递给你。

我只有将沿途的菊香，珍藏在我的记忆深处发酵。

当你在我的梦中出现的时候，我便加倍奉献给你而让你在酿造的醇香之中酩酊大醉。

心事徘徊于城堡之外

平原的边缘地带。

移植于异域的风景茂盛地生长在湖畔，碧绿的水滋养着摇曳的倒影。

风车，尖顶房屋，横排的木条，铭牌钉在我的眼睑上。

疼痛，沿着城堡踯躅，石头堆砌的沉重压迫着缝隙的骨骼咔嚓作响，圆形的窗是沟通心灵与城堡的唯一道路？

人们熙来攘往。孤独是一枚停留在风中的十字架。

只有灯光在缠绵悱恻地俘获执着的飞蛾。

重洋远隔。

心事放逐。

得到与失落此起彼伏。

农 事

　　锃亮的犁铧在板结的土地上打开一个缺口，于是，关于一个季节的农事就从这里开始。

　　泥土侧身一卧，就凝成浪。

　　一浪一浪的传说接连不断地诞生。

　　躬耕的姿式。

　　力量的牵引。

　　拉长的弧线。

　　飘曳的流云。

　　精耕细耘之后，一把泥土被轻轻地捻成一串串饱满的信念从指缝间滑落，一地的深情在祖祖辈辈的心底生根发芽，一样的向往在贫瘠或肥沃的土壤中执着地生长。

　　着床的季节。温热的子宫。精致的容器。

　　种子怀孕了，

　　大地一片激动，村子里流淌着月光一样的消息。

树洞与啄木鸟

一片葱郁的树林的背景上，一棵树身上的洞穴对我虎视眈眈。

深不可测的陷阱，视线不能自拔。

谁藏在隐秘的黄昏背后？

风撩动掩盖着一只蜷曲着尾巴吃着松果的松鼠的几片叶子。

突然，整个林子惊诧于洞穴中探出一只啄木鸟的头。

树，遭遇过一种劫难。啄木鸟匍匐在另一种生命之上。敲醒沉睡的心灵和青枝绿叶的渴望，声音就像蜿蜒的河流由远及近又由近及远。

树洞是伤痛的唯一记忆。

树洞是对鸟珍贵的馈赠。

一种耐读的过程，

传说停泊在情理之中。

一棵树有一只美丽的洞穴，

美丽的洞穴栖居着一只活蹦乱跳的啄木鸟。

夜是一位匆匆的过客。

小 巷

是你讲过的一个故事，

小巷是一条捷径。

你走过那条路，

幽深。曲折。高墙。石梯。

分割的天空。零乱的电线。紧闭的窗户。悬挂的枯藤。怦然的心跳。

曾经有一个黑影的跟踪。

小巷，你曾经怕过。

于是，每当路过巷口，太阳失踪，阴影如阵雨降临。

你总是绕道。

又到小巷，我勇敢地鼓动你跋涉黑暗的旅程。

而你却希望绕道，

这一次却不是因为怕。

夜

芦苇荡摇曳骚动的情绪，夏虫的鸣叫停泊在视线之外。

她的船扬起帆，小心翼翼地缓缓滑翔。

眼睛，

努力读她的船打出的旗语。

胆怯的舵偏离航线。

迎接的旗语和行动校正罗盘于走进漩涡之前。

脚下寂寞的浪，涌着，挤进礁石的犬牙交错，

礁石的犬牙交错咀嚼着浪的丰盛和甜美。

疲惫的眼，闭着；坎坷的主题，孵化；心灵的窗户打开涌进哗啦啦
的月光。

浪，退却，船水中月般地滑落⋯⋯

手臂缆未解，

等待第二次涨潮。

雕 塑

是一尊由你和我组成的雕塑。
车窗里，
你的头颅枕着我的肩，
我的肩膀托着你的头。
我们把这宁静的雕塑定格在了窗玻璃，定格在了窗外绿水青山的
眸子。

你枕着我的坚强，
我托着你的温柔。
谁在谁的梦中？

伞

窗玻璃被犁出一道雨沟；

道路被犁出一道雨沟；

思维被犁出一道雨沟。

又下雨了，又想起那柄伞。那柄伞点缀一圈一圈的暗花，是秋雨中
的春天。

又响起雨点敲击着亭亭玉立的伞盖的声音。

又想起雨点敲击着你和我的心壁。

窗外，一朵朵伞花摇曳而来，又飘离而去。

我打湿的视线不能寻找到你的身影。

雨中，你仍打着那柄伞吗？

无叶树

无叶的季节，种植下无叶的树，种植下有叶的希冀。

绿色开始孕育。

你被剪裁的身姿，伸向天空，伸向关注你的眸子。

瑟瑟的秋风，冷冷的冬日，之后，同伴们呦出嫩的芽苞，之后，滋生的叶踮起脚尖的舞蹈。

你仍无叶。

默默地承受着无端的猜忌，承受着如刀的流言，默默地承受着这一切，差一点被世俗的眼光连根拔起。

在路边。

你孕育着绿色，

你艰难地孕育着绿色。

默默无闻。

挤破皲裂的皮，在一个寻常的夏的早晨有几滴清亮的露珠滋润着你留下的一串关于春天的注释。

迟来的爱在薰风中轻轻地低吟：

无叶树生长出有叶的季节。

树 雨

是雨后初晴的风景把你和我诱惑进那片树林的吗？

我用力摇动树干，凝结在树叶上的雨珠滴滴哒哒的洒落如你的笑声。

树雨打湿你的头发，你的衣衫，打湿你追打我的脚步。

我逃避着爱的追逐。

你重复上演着树雨的降落，我却拽着你再次沐浴树雨的缤纷。

我们重复上演着树雨的降落，然后手挽手逃离那朵雨意的蘑菇云，共同分享透过云层阳光灿烂的日子。

冬之月

有风在摇曳瘦树伸展的无血色的手臂，道路上的落叶被路灯一目十行地翻阅成沙沙浪语。

目不转睛的猫在把温度计的水银柱读成下降趋势。

你还是如期而至。

镀上霓虹光的舞曲和伴唱经受不住高跟鞋的踩踏在有气无力地穿透露天舞场的圆形墙。

小巷深处，无灯的窗，孤独的吉他，一种沉闷的感觉袅袅地升腾为如泣如诉。

你沉默为一种不动情的美。

有好多好多人读你。

不遥远的星星痴情地把你眺望成一条通向你的幽径。

你圆圆的路，星星的追求将跋涉为没有终点的艰辛。

有好多好多人读你。

须仰望。

等 待

　　你的诺言晶莹地结满寒树已冻僵了一个时辰，我还是用滚烫的眼神竭力地温暖，等待你热烈的影子从风中踩出……

　　那条熟悉的路把我的视线拉得很长很长，但终于没有鲜亮我的眸子。

　　忽然飘来星星点点的雨，不禁疑惑是你晶莹许诺的跌落。

　　心掠过丝丝寒意。

　　还是努力寻找那柄我们一起擎过的伞，那枚雨中的太阳曾经温暖了湿漉漉的整个冬季。

　　于是，我坚定地竖起黑色的大衣领子，把风挡在你的到来之外。

秋 思

走向那片树林，脚步踩响落叶，秋景开始悄悄爬上眉头。

风很动人，撩拨视线跟踪叶的飘逸，伸手拾起一个季节的失落与一个季节的开始。于是，思绪沿着黄色的脉络走得很远很远。

风不停留，脚不停留。

手中的叶转动成一个圆圆的世界。

一面是我，一面是你的背影。

蹁跹的雪

等你，

以十六年的期盼，等你的纷纷扬扬或是一夜之后的积淀。

一种轻盈的步态，

仙女下凡的飘动，

我仰望的视线包裹着漫天的冰晶。

我用浓密的黑发、温热的脸庞、怦然的呼吸……迎迓你，

冬天的精灵。

我伸开手掌，

你在我的血脉上站立成一粒种子，

一粒饱满而又脆弱的种子。

掌心化雪，

你将生命中最灿烂的一瞬植入骨髓。

这是一个有雪的冬季，

这是一个种子在雪水的滋润中孕育胚芽的时节，

雪，就像一床厚实的棉被覆盖着那片萌动的内心。

许多真实的想法就像爬动的蚯蚓，从土地的深处钻出而成为冬钓的

鱼饵。

大地白茫茫一片，树是这个世界的主宰，风在一座房屋与又一座房屋之间流浪，门环叩动的声音被雪夜吸得一干二净。

世界被关在形形色色大大小小的门窗之外，

只有雪的下面和夜的内心是那样的静谧和安详。

雪睡了，夜睡了，动物们冬眠了，

爱情也钻进了温热的被窝。

水仙花

我渴。

我的唇干裂如翕动的鱼的呼吸,

皲裂的皮肤如收获玉米的包衣。

我渴。

渴望水的滋养,水的浸润,在这个乍暖还寒的季节,谁将我遗忘在
爱情的角落。

我期待风轻轻地掠过如母亲抚摩她的孩子。我醒来的时辰是夜的长
途跋涉之后带露和有明媚阳光的早晨?

我遇到了你,

我静静地坐在这带釉色的瓷器之中,坐在这一片氤氲的水域,坐在
这精致的子宫里,

如处子沐浴圣洁的洗礼。

我顶礼膜拜。

于是,一枚种子坐床怀孕。

我固有的欲望坚忍不拔,突破的力量如笋拱破地表,从包裹的爱的

缺口，我挤出了雀舌的啼鸣。

水中的精灵破壳而出。

阳光、空气、流云。

黑夜、紫雨、磬声。

沐浴爱的目光流泻，绿意如箭的窜动，攀上生命的高度是信念的唯一。

我的花苞胀裂了，馨香如溢出的乳汁，飘荡在静静的房间和深深的鼻息之中。

一丛春天盛开了。

我们以白里透黄的姿势喧闹着，呼唤着：

是水滋养了我的一生，滋润着我的名字。

龙泉桃花

喜出望外。

每个人的心情都张贴在枝头上开得嫣红。

一道道粉红的霞光铺满山坡，

此起彼伏。

桃花故里。

谁寻梦而来？

谁在风中举起锋利的刀具嫁接疼痛的爱情？

谁的伤口被精心地包扎起来？我用全部的情感为你疗伤。在饱满的汁液的滋养下，移植的那一段青枝绿叶的情缘，滋生出了柔蔓的根须或长出了柔嫩的新芽？

雨滴在粗糙的肌肤上缓缓地濡动，下滑的姿势如软体动物的触角在接近疲惫的心灵。

蜜蜂停在花蕊中，像情窦初开的少女咀嚼着甜言蜜语。

花瓣分离花苞的声音，蝴蝶扇动翅膀的声音，耳门挤满碰撞的声响，爱情鱼贯而入。

今夜，有一只瓢虫无眠。

相 握

相握，是冰冷与温暖的相遇。

血脉与血脉的对接，血脉与血脉的相连。

血流以潮汐的姿势面对河流。

心的搏动此起彼伏。

十指交叉，十指连心。

一种秘密不安分地在另一种秘密里拱动。

掌心相合，心背相依。

冰冷与温暖在相互交融新的温度。

就像火的烘烤在这个冬日的寒风里，行走与坐定是一种亲近的方式。

手牵着手。

相握，爱在默默无语中添加着一堆熊熊的薪炭。

贴梗海棠

无叶的梗，冷涩如铁的坚硬。

步入这片林中，我等待海棠如约而至。

你藏在哪里，我的情人。

被雾缠绕着，被梦包裹着，被爱滋润着，外面的风乍暖还寒。

我迫不及待地用滚烫的眼神点燃春天的火苗。

蝶与蝶在梗与梗之间逃避追逐。

蜂与蜂在花与花之中采集情愫。

心附于翅把饱满的种子洒播在枝蔓丛生的每一寸土地。

情在扎根，爱在萌芽，花在一夜之间悄悄地爬上枝头静静地开放成
春天的第一声问候。

时间在此停留，空气在此停留，目光在此停留。

这个世界如一只鼻孔呼吸着刚刚打开的花的蜜罐的味道。

花簇拥着，纯正的鲜红贴满春天的窗棂。

一枚银饰

那枚银饰就像新月镀亮我的思念从那个冬天开始。

窗外很冷，温暖被关在弥漫钢琴声的房间，静静地等待如一杯刚刚泡好的绿茶。

风破门而入和你裹紧一颗怦跳的心的身影跌入望穿的视线。

一枚银饰的声响像咖啡杯里那柄银匙碰撞杯壁的搅动划着一道锃亮的弧线……

深谷的回音。

贴着温润的肌肤，就像云彩亲近天空。

悬住温情的眸子，就像蝶翅辗转飞翔。

动在静之间寻找目光。

静在动之间期待发现。

一枚银饰在绿茶与咖啡之间停留成铭心刻骨的记忆。

经 历

顺江而下。

船行进在宽阔的水面，来路与去路被视线切割为湖。

山的倒影被一漾一漾的波浪揉成一幅水墨。

于是，我从画中走出。

一片小鸟的翎羽，一粒写满浪语的石子，一枚彩色的贝壳……已成为我们各自最初的记忆。

目光如网，打捞江中蹦跳的时光，凝望的姿势完成一幅情感体验的特写。

重新步入画中，原来的我已在画之外。

电话情结

之一

是在查询出那个黑色号码之后，我轻轻地敲击键盘上的数字就像在谱写一个故事的一小段前奏音乐。

那端有你。

我的听筒，我的耳，我的心灵等待你的声音穿透。

呼喊你之声如风穿过葱郁的树林，在袅袅地传来。

我能从那端桌上的听筒感受到你脚音的敲击。

屏住呼吸。

在我的心里默想已久你的名字，从我的嘴中带着情感的色彩从胸腔呼出，你若再不到来，我想它在我的心间将被暖暖地融化。

你的回答沿着长长的电话线送过来，沿着我膨胀的血管流入我的心田，注入我的骨髓。

对话在汩汩流淌……

声音碰撞出的朵朵浪花开放在我们的耳畔。

当我向你发出一个精心策划的邀请时，你却找了一个编织得很完美的理由固执地拒绝我的热情。

我放下电话，一个无言的结局意味着一个无缘的结局？

之二

那一个夏季，你的电话频繁地打来，我的心情在你经常温柔的话语的浸泡之后，开放成嫣红的石榴。

你的言谈是我最喜欢听的音乐，我的话语像磁石一样攫取着你的心。

你渴望我走近你，面对你，让我的身体被你含情脉脉的眼睛包裹，我却愿意隔着一条河，挡着一片雾，默默地看你的娇小和美丽。

越来越熟悉你声音的甜蜜。

我之耳，我之心因畅快的啜饮而迷魂，坚固的防线终于在你糖弹的摧毁下坍塌……

之三

等待。在拥着对你的思念中。

电话间的玻璃门关了又开了，进去的仍不是我。

电波在跨越千山万水，我的心附于其上在做一次沉重的长途旅行。

沿途树的阻隔，山的阻隔，水的阻隔，将我的视线拍打得遍体鳞伤。

一种牵挂。

从接到你的来信就开始艰难的跋涉。

只想我的问候，能给你一点意外的惊喜；只想我的问候，能冰释你积淀的忧郁；只想我的问候，能提醒遥远孑然的你有我爱心的陪伴而不孤寂……

铃声骤响。

我拿起听筒就对你说，亲爱的……

之四

电话那端，你的如诉如泣像鞭子抽打着我破碎的心。

对你的痴情我竭力地诠释却让你的痴情加倍地表达。

没有可视电话，我已能从心灵感应你虔诚的姿势和你已被薄雾濡湿的目光。

我的铁石心肠将你的一颗滚烫的心降至冰点，无霜期时节，你那一片茂盛的针叶林带却结出了点点霜花。

我无情地伤害，你却轻搁电话。顷刻之间，我的心灵在一片盲音之后便是一片惨淡的空白。

寂寞难耐。

我会到达你的身边，但仍不是在无风的今夜。

你的名字

当你的名字如树在一个春天植于我的心间之后，我就放下手中的杂活开始精心浇灌属于我的那一片绿荫，而在树的周围我还栽上了一些姹紫嫣红的花卉陪伴着你的芳心。

从此，孤寂犹如一朵美丽的积雨云从曾经君临我的头顶上随风飘走。

你的名字的结构如青枝绿叶蕴含生命的爱意撑满我的心壁，你郁郁葱葱的覆盖让我在忙碌的白昼和静寂的夜晚沐浴温馨。

经过漫长火热的苦夏，我血与汗的付出滋润着你名字的丰茂而准备在秋的枝头采摘金果之时，而你却仅摇落一树红叶作为对我最终的报偿。

我满眼是如叶的你的名字，站在第三个季节你的名字面前，我一直没有找到我两手空空的缘由。

栀子花

　　圣洁的精灵，如一只美丽的白鸽静静地歇息在隆起的山丘，羽毛如花瓣。

　　沐浴在淡淡的呼吸之中，你微微的起伏如鸽子咕咕的噪动，爱怜之心升腾起一种抚摸的意念和欲望。

　　思绪随着那朵美丽的白云飘曳如风中你的馨香四溢。

　　眼睛就像一只疲惫的飞鸟落入爱巢，尽情地享用这一段难得的时光而在温馨中不能自拔。

　　鼻息充盈花朵扎根在那一块圣地上熏染的仙气，我的呼吸因上瘾而急促……

　　栀子花，你虽不垂挂在枝头，但我仍按捺不住攀摘你的欲望。

红房子

那幢红房子在风雨中默默地渐渐老去，而在夕阳下的傍晚它鲜亮地筑于我的心灵却是因为你与我的相约。

当我的身影如摇曳的霞光投射进你的眸子，你临窗的手势如叶将我定格在了冬青树旁，而心之湖却被搅起一片旖旎的涟漪……

揣测你再次出现于我眼中的风采，于是，在茂盛的心枝我采摘了一串精心编织的话语迎迓你的到来。

当你再次出现在我的眼前，我只从你的微笑和会说话的眼睛中感受到没变的是你的心而变得更加光彩照人的是你的秀发和服饰。

此时，我的眼睛和心灵经历了一次从头到尾的畅快洗礼。

当我们沿着那一片林荫道走过，踩熟星星的对话，踩醒月亮的沉睡而回到出发的原地时，你我不由得停下了脚步。

而你的告辞像你的到来一样快捷，婀娜的背影在朦胧的路灯下从我的眸子中转瞬即逝。

背道而驰的脚步驮着一颗紧随你的心默想你，默想你那间红房子，默想在那间红房子里度过的白天和夜晚。

于是，我在想，什么时候我能叩开你刚刚关闭的那扇红门？

风雨的感受

起风了。

风凉的感觉在细腻的肌肤上，你轻叩绿门而来，我从你那几丝零乱的秀发感受秋意。

你将精致的拎包轻搁于玻璃茶几，我的一杯速溶雀巢已递与你手。

四目相对。

一股暖意融入加糖咖啡，你轻轻地搅动一种芳香扩展向整个温馨的房间。

窗外的风扑面而来，精美的帘子临风飘曳……于是，我们就将视线和话题移向窗外，移向窗外的飞鸟，窗外的风和几朵雨意的云彩以及秋来之后我们爱的归宿。

你深邃的眸子静若湖泊，我升挂的帆樯剪不出一片喋喋的浪语，你内心深处滚烫的潮汐却将你涌向屋外阳台的风中。

此时，有丝丝小雨飘落下来，你却执意离开。我挽留的理由无懈可击，你仍将我的痴情莞尔一笑。

我理解你的心。

雨小的时候你走得坚决些，以免雨大时你将走不出这扇绿门。

陪你走一段

撑起一柄伞走在雨中，陪你的感觉如你的体香丝丝小雨般浸润我的心田。

淅淅沥沥的雨落在伞盖上沙沙如我们往日的喁喁情话。而此时，两颗心灵撞击的火花却熄灭在了渐趋凉意的冷雨之中。

默默地陪你走，慢慢地陪你走。

我将遮风挡雨的心意尽量地向你倾斜，我用一侧的濡湿换来你的一方晴空。

你双眼发热，噙着一往深情，举手拥握我撑伞的那只，你的体温迅速传导向我的全身。

扶正的伞盖在缓缓下滑，雨越来越大地蚕食我们移动的领地。

默默地陪你走，慢慢地陪你走。

一朵飘曳的伞花在悄无声息地擦亮偌大一个城市烟雨朦胧的眼睛。

而近旁你的眼神分明在对我说：谢谢你陪我走一段。

其实，这一段你不也陪着我吗。

相约在黄昏

　　相约在那个迷人的黄昏一同步入多叶树与红草莓编织的风景，他预言他的潇洒注定照亮她清澈的眸子。

　　然而却有出发前片刻的宁静被报警电话的铃声搅碎，不得不相背预约而行……仓促得电话就在眼旁，号码就在心中而不能拨个歉意给她。

　　于是，裙裾在五月的晚风中摇曳成亭亭玉立的荷叶，颤动的晶莹的心事在游人的瞳仁里被读出等待的孤独。

　　于是，有闪着红灯的飞驰和沾满伤心的泪痕一同溶在了残阳的光晕里……

　　当黄昏与相约一起失落进暝暝的冷色的时候，疲惫的归帆张挂在受伤的心壁，而星星点灯却将她蹒跚的脚步和身影摇向那爬满青藤的小屋。

　　夜阑人静。

　　她打开封面上盛开着蔷薇的日记本，将这最后的一次相约写进日记的时候，却传来清脆的敲门声。

水

我捉摸不透你的形态。

你潺缓的徜徉，平静的脚步感觉不到你的流动，你汹涌地滚走，波浪的拍打击起了阵阵涛声，你浑黄若汤，你细浪若语，你泡沫若泥。

我饮你，我弃你，我赞你，我咒你……

你滋养良田沃土，赠与人们沉甸甸的丰硕；你冲毁屋舍，让希望和收获沉没于风起云涌的洪峰。

你有情，你无意，你仁慈宽厚奉献爱心，你暴虐肆意践踏生灵。

你从遥远走来，高山峡谷，凄风苦雨，青草绿树，电闪雷鸣……岁月锻铸你的个性，时光磨练你的人生。

昼夜不息的你向前奔走，你净化人的心灵，你污染人的视野，褒你贬你蕴含你的一生，你浇灌出黑森林般茂盛生长的灵感，你熄灭过星星点点密布的智慧火花。

你拥有女性的温柔，你拥有男人的粗暴，你拥有女人的急躁，你拥有男人的宽容。

你是女人，你是男人。

沙

　　水的冲刷将你粒粒堆积，我踩着松软的沙滩留下一串串深深浅浅的脚印如漫长艰辛的追求。

　　我往前走。

　　我的重压在你濡湿的身体里挤出水淋淋的记忆。

　　我往前走。

　　我的重压却不能将干燥的你踩成坚硬的板块。

　　面对风起的你，却让我铭记眼睛里掺不得沙子的俗语。

　　半眯着眼与你倒退而走。

　　以退为进的方式成为一种富于哲思的选择。

　　当风以不同的阵势而让飘浮的沙子包裹我时，我只有在停留不动中固守，而让漫天的狂沙成为我眼前疼痛的幻影。

　　我在经历一种包围，经历一种埋葬，经历一种抗争和搏击，我在围困中忍耐，在积聚力量并选择风和沙的薄弱环节突围。

　　我瞅准一个空隙，抓住契机，拓出一条狭长的道路，在一鼓作气中我冲出了死亡地带。

　　沿河而走。

　　前面仍是沙滩一望无际。

我往前走。

不知前面仍否有深不可测的陷阱。

船

　　枯水季节，风景渐渐瘦去。

　　水手久久地兀立，他手中的篙在探着深深浅浅的流水中挑亮大山惺松的眸子。

　　船的行进将河的宁静喧嚣得躁动不安，水鸟的追逐寻声而来之后又漫无目标而去。

　　有卵石与船底的摩擦刺然掠过耳际，偶尔的擦痕在心中留下深深的创伤，疼痛的鱼结队逃走。

　　那一把老舵沿着熟悉的河道逶迤而行，吸于船体的螺粒粒可数，而青苔支离破碎地随水飘曳。

　　渐渐远去的船，涌突的朵朵浪花融在潋滟的波光中柔情四溢。

　　我心如船。

　　载着打捞的金色的沙粒，缤纷的砾石，精致的贝壳和腥味密集的鳞片……

　　我如期而至。

思念是过火之后的疼痛

目光凝望远方，思维唯一或空洞。

一段朽木直立的静默，一截烟与一炷香燃成灰烬还没有散落的停留。

思念是过火之后的疼痛。

一枚红叶，一场新雨后那片最鲜亮我视线的感动。

叶如微风中一杆旗帜的飘扬，我是直立的旗杆吗？

叶如波光中一只小船的飘曳，我是划动的船桨吗？

一江吹皱的秋水因风的行进而带着我的思绪，因风的停泊而水平如镜。我的抵达隔江而止于一位江南女子的啜泣。

等待如茧一层一层的包裹，缠紧与膨胀的欲望此起彼伏。

蛹化蝶是一场艰难的突围。

候鸟没有一点消息，秋水已寒。仰望是一道虹的弧线挂在天边的蔚蓝在由明变淡，你的影子是一朵云彩在经历一场雨和我的目光透析，形影不离是一首夜莺最初的歌。

初恋的道路不可预测

小城。

平坦的街道或斜着的坡道。

初恋的道路不可预测。

晴朗的天空、绿树的葱郁、缠绵的雨丝、飘移的伞盖、不眠的灯火、遥远的月光⋯⋯

手与手传递着爱的温度，小溪与大河在传递着解冻的浪花。

小城。

斜着的坡道或平坦的街道。

愉快或疲惫丈量着爱情的脚步。

一句伤心的话语就像一枚坚硬的石头在含情脉脉的眼神中经历了一个世纪的浸泡才慢慢变软，而你千百次的咀嚼着我的解释却早已让腮边的泪水在思念中风干。

小城在长大如雨后的春笋，初恋在变老如雨后的黄昏。

一座城市注定牵挂着另一座城市的风景。

鸟音一束

隔叶黄鹂

春之叶静静地萌生，绿意灿然。

有铅蓝色的音符在上下跳动，枝柯如弦。

带着南国的咸味，带着长途跋涉的劳顿，你最终的嘶哑与最初的喜悦驻足颤悠枝头的一瞬。

是经过一冬之后的邂逅，一种对话的心情在精心酝酿。

你的呢喃激起叶子们一片炽烈的掌声，花蕾们初启殷红芳唇的微笑，蝴蝶们合着音韵展示艳丽服饰的春之圆舞曲……

我仰头探寻发出如此魔力的深处。

隔叶的你，一半是沐浴太阳的金黄，一半是风涂抹的墨黑。

于是，昼与夜的丰盛被你永远独享。

塞云雀

是雪莱放飞的那只，还是从屠翁之村剪剪而来的，我抬眼仔细辨别那黑褐色的羽毛，我侧耳聆听如歌的音韵。

你晶莹的啼鸣，如草原雨过天晴的花与草上的露珠，在铮铮滴入我耳之金杯。

琼浆玉液斟满。

我的心灵在畅快地啜饮。

辽远的静空，你在展览你动的姿态，展亮你美的歌喉；你精心的诱惑，一只异性鸟坠入草原深不可测的爱河。

当你们双双收敛翅膀，戛然落入草丛，歌如一台演奏被指挥家收住了那支魔棒而停止，而余音却在心之湖如水雾袅袅升起，我的嘴唇再一次在杯沿触到了心颤的翕动。

画眉

你白色的眼圈，呈峨眉状地延伸出你动听的名字，而被人们从远古呼唤至今。

当我从密林的小径走过，就有你的歌如彩色的阳光从枝叶繁茂的罅隙间筛下来，我的心如一个孩童在拣拾洒落在路边噼噼叭叭作响的金色的豆子。

粒粒精致的礼物，成为我脖颈上珍贵的装饰。

而更多的却沿着我的脚踝滚走，融进了溪流而琮琮作响，继而就有被浸润的岸边草与花的气味馨香四溢。

我的心载在那只颠簸的小船里，徜徉在悬挂树木、草丛和跳跃鸟歌的倒影的山涧中。

我挥动手臂回望大山，指尖轻轻一触，沿着掌脉，我周身的血管里便永远涌动着这一回滚烫的潮汐。

梦中相思鸟

是我枕着你的歌入梦的时候。

你梳理着橄榄绿的羽毛如手抚摸丝绢般细腻的肌肤。一种异样的感觉电流传导向身体的边缘。

你毫无戒备的张望是一种怡然自得。

是我枕着你的歌入梦的时候。

爱在叶与雾的掩护下悄悄偷袭，情歌蚕食你的领地，最后的防线在不知不觉中如堆砌得很坚强的云渐渐崩溃。

吻干裂而渗血的唇是被勾起的情欲。

是我枕着你的歌入梦的时候。

我的臂弯如巢歇息你温柔的鼻息。

秋日独语

1

枫叶的飘零如精致的票根，梳理一种情绪如不经意的手穿过密密的头发，几只鸽子仍按步就班地拍打晨光，不用仰头，便知道鸽哨已飘逝这片茂盛的目光林带。

人生的旅途开始在缓坡上前行，于是滋生出关于树的话题，有了关于爬山摘水蜜桃淌过淙淙小溪去摸鱼以及夕阳西下到后山去采野花刺藤把手扎出血粒的遭遇。无论是有相同的经历还是有不同的过去，彼此的眼神交换着一种叫做愉快或痛苦的体验。

眼睑爬满疲惫。而你却嚼着我的话语和几枚甜枣充饥入眠，静静的肩膀托起一颗美丽的头颅。

从此，我愿这是一个永远无言的结局。

2

目光逡巡繁华的街道，感受最初的雨是头发是脸抑或是晃动的手臂，不速之客的翩然而至带给的或者是惊喜或者是忧愁，撑起一柄伞切割天空切割树切割街灯，痛的感觉在伞盖之外响成一片迷朦的音乐。

我们紧紧相依而行，丝丝摩挲与柔柔体温微微可感，而我想有个家一个不需要多大的地方在我疲倦的时候就会想到它的歌从街边闪烁的音窗传出反复播放如雨。一种伞中的心情淋漓尽致地写在苍茫的脸上，而我们彼此都读不透各自沉重的心事任雨成为我们的话语而倾心交谈以赶走难耐的沉默。

此时，我仍想给你背诵普里什文《林中水滴》中精彩的片断或你喜欢的普希金的《秋天的早晨》如我们那次悠闲地在林中散步，你的微笑将如雨花嫣然，而笑声将再一次覆盖在我冷雨中的心间而温暖如初。

3

月被遮挡在密密的睫毛之外。攀着回忆的藤蔓，走在悬崖间的羊肠小道，你的身影是我唯一战战兢兢的信念。

拾级而上，胆怯的心理爬成我为峰的境界，静静地面对你，虽然我们交流的基点在渐趋平衡却需要仰视才能默读你的喜怒哀乐。

你的身体隔我很近，我只要大胆地一伸手就能轻触你飘曳的裙裾，而你的心却离我很远，我奋起直追的心情始终没能达到满意的速度。

因为对于我，你随意的脚步留下的都是坎坷，你飘落的话语沿途皆长成荆棘。

我仍怀疑痴情的脚步追不上变心的翅膀这句歌词虽然我的一往情深已遍体鳞伤。

泪眼蒙眬，我疲惫的脚前倾的身支撑起艰难的追求。

在深不可测的爱河之滨，你给我竖起了一块回头是岸的界碑。

4

走入你的园林，我就投入枝叶繁茂的树簇拥的怀抱。

我忌妒你与大自然紧贴得这样近如我的心紧贴你的胸脯，我的血液因这一方绿天空的浸润似乎已流着绿色的液体而萌生滋养你一生的渴望。

凝神驻足一棵你告诉我为桂花树的旁边，伸手轻触弥漫馨香的空间欲抹一袭幽香，淡淡的花瓣飘落眼前想拾几枚"枝生无限月，花满自然秋"的诗句珍藏于枕下，却怕你笑我孤陋寡闻只有暗暗地将掺和着桂花的你的芳香大量地吸进肺腑而酩酊大醉。

沉醉于花香中的境界固然美妙，而醉倒在你身体释放的馨香与仙境相比又有什么两样呢。

5

雨打树林，寂静夜的山野敲击出动听的音乐，树和雨茂密掩盖我闭着眼睛瞭望你那扇亮着灯盏的窗口，你的身影在我的视网膜上仍清晰地娉婷多姿。

心事爬上眉头，饱含雨的枝桠和叶片在缓缓地沉重起来如轻松的爱情在加重负担。黑沉沉湿漉漉有夜笼罩一种大祸临头的氛围，雨的箭镞在刺伤我跳动过速的心脏，我的情感历程在经历一种惊心动魄的殊死搏斗，诺亚方舟漂在血淋淋的河流上风雨兼程驶向洪水泛滥的孤岛。

当阳光再次君临我的头顶，我才从你那略带忧伤的水淋淋的眸子深处读出沐浴雨中你对我的一往情深。于是，我轻轻地攀摘了花丛中带着情感雨滴的一枝呈现在你面前作为早晨的赠礼，还没明白你是接受还是拒绝而迟疑伸出的手势，顷刻之间让我们都泪如泉涌了。

6

眼睛的窗户关闭起来，并垂直下厚重的帘子。让我聆听你的呼吸，让我的鼻填塞你的体香，感受你的爱意我的心涌起一种咖啡加糖的感觉。

你在阳光之下，我在黑暗之中，你可以看清我的形象而不能读懂我眼皮包容的世界，于是，不能溢流的秘密就让我趁此机会大胆地想你。

想你的裙裾依然光彩夺目的风采；想你的秀发不经意痒酥酥地撩拨我的心事；想你脉脉的眼神随意地停留在我身体的某个地方而神游梦弋；想你的芳唇甜甜的翕动或微微的震颤……

在这个世界上，藏起一份爱或流露一份情都同样美好。如果我们彼此交换共同拥有，那么，有一种被称着为爱情的便如露经过夜的滋润而在晨间诞生。

7

雨打芭蕉。

这个季节的雨还在远山孕育，芭蕉已经远去。是谁在我撑着绿荫的园子里把美妙的声音连根拔起。

心在滴血，如须根上的泥粒铮然地洒落在温暖一生的巢穴。

叶子如瀑。

从此断流于我悲伤的视线。

一种疼痛为另一种疼痛付出代价。

古人与今人穿越时空交流一种夜雨的体念在一场秋雨到来之前中断成一片寂寥的孤独。

雨打芭蕉。

一种期待在另一场秋雨中相遇？

淡水珍珠

　　辽阔的湖面，淡蓝的水域。黝黑的珠蚌悬挂成远古一枚又一枚小巧而精致的编钟。

　　一种营养吸取另一种营养的生长在无声无息中进行，就像婴孩闭上眼睛在吮吸着母亲的乳汁。

　　烟波浩渺的痕迹刻在深深浅浅的年轮上。

　　水与水的碰撞发出悦耳的邀请。

　　收获被一把锋利的刀子剖开，一种新生从一种死亡开始。

　　蝶的飞翔，一群蝶的飞翔。一群蝶的飞翔驮着密集的珍珠掠过密集的视线，潜伏在内心深处的思想浮出水面。

　　一圈一圈的涟漪如一粒一粒饱满锃亮的珠串挂在船头。

　　泽国水乡，珠圆珠润。

　　鹊起的名声从远古洒落滚过釉色厚重的青花玉盘。

透明的黑蝴蝶

一种匍匐的姿势粘贴于视线。

欲飞。

黑色的袈衣。

透明的肉体。

掩盖的伎俩。

梦被夜色包裹。

思维凝固成一块水晶。

遥远的地方你的飞翔或停泊近在咫尺。

一些故事开始没有任何杂质地上演，一粒清泪不经意地滴落在一朵黑蝴蝶的花瓣之上。

驮着那些缠绵的思绪上路，或者把那些沉重的话题投递到沿途翠绿的荆棘之间，栅栏的内外是流连的风景。

与梦对坐。

谁的眼睛炯炯有神。

爱被灼伤，婀娜多姿的背影漾成一幅水墨。

运动与静止，是一场追逐，是一种交流，是一眼清泉，是一首乐曲。

——黑色蝴蝶。

对 坐

静静的两只瓶子。

距离相近或相远，一种亲近坐下来，面对面。

静静的两杯红酒。

静静的一杯茶面对一杯咖啡。

那些对话在加冰或加糖或加茉莉中变淡或变浓。

静静的两把椅子。

静静的两枚硬币是正面或是背面。

喝什么已不太重要，喝什么品牌已不太重要，重要的是与谁共度。

那种味道是淡了还是浓了，那种感觉是亲了还是疏了，那种情谊是近了

还是远了，那种温度是热了还是凉了……

对坐窗外，

青山、流云、檐雨。

溪水、湖光、风声。

静静的窗内。

人已离去，影与影在对话。

泪光在穿越睫毛的栅栏

　　眼睛饱含眼泪，犹如竹叶上晶亮的雨珠就要滴落从她那在微风中最脆弱的边缘，你的名字之重在那枚青翠的竹叶之上已是不能承载的最珍贵的分量。

　　叶之舟渡我。

　　我的眼泪就要融入大地，就像融入宽阔的胸膛。我知道偎依在你的怀抱的温暖是一滴泪对一生情的爱恋。

　　眼泪不是哭泣，她是情到深处杜鹃啼出的殷红的血粒。

　　眼泪不是放纵，她是源远流长的情感积聚汹涌翻越举高的堤坝。

　　眼泪不是表白，她是心与心经历春夏秋冬孵化出的几粒橙黄的金豆。

　　眼泪让两颗心经受着煎熬和折磨。

　　眼泪是滋润那一道伤口的药。

　　疼痛是一种疗伤的过程。

　　一滴眼泪与另一滴眼泪偷渡，之后汇成一条河流新的方向。

风筝女孩

以一种虔诚的方式跪着，在那一片青草地上，跪成视线中的一种感动。

一只长龙风筝的缠绕，揪着你的心。

一袭白裙。

一瀑黑发。

一低头的温柔。

一抬头的娇羞。

以一种母爱的方式跪着，在那一片青草地上，跪成视线中的一种感动。

你纤长的手指，摆弄着伤心的长龙，一种新的秩序被你精心的编排，一根长长的绳线被你打上一个心结。

欲飞。

是风。是你的手势。是你的眼神。是你的心。是龙的身体。

花想哭泣

静静地伫立。那些风和雨点走过的季节在湖心中消逝成一只蜻蜓的影子。

一株花平静的生长被一棵远方的树牵挂之后而风姿摇曳。

那种情感如乡村草屋麦管间弥漫着的袅袅炊烟升起，从山涧林木中雾岚般蒸腾地飘浮。

冬日火塘里的火苗在恣意地烧旺，一场新雨后池塘里的水在忘情地涨高。

目光的甘霖纷纷扬扬地浇灌在花的根部，就像一场预约的瑞雪滋润着泛青的麦苗，那种依恋在不停地加厚到铺天盖地。

从此，原野上那株花被温暖得感动。

感动得好想哭泣。

茉莉花

含苞待放。

静静的花蕾沐浴在那首熟悉的歌声里暗香浮动。

有风掠过这片林子，你的花枝舒展、摇曳、颤动，一种美行云流水般呈现在季节的舞台。

然后是一种打开花瓣的过程，芬芳如鸽群飞向四面八方。

你的身体旋转着，圣洁的手臂升举着采摘音乐的果实，飘曳的裙裾张开婷婷的荷叶。

无数只眼睛如蝶纷纷扑向动人的花蕊。

一低头的温柔羞涩地关闭了那一道精致的门帘。

人们从心底呼唤着你的名字，芳香却从身旁擦肩而过。

一种节奏行进在原野

一种节奏，行进在原野。

牵肠挂肚。

手的触摸翻阅阳光的温度，字里行间浮动着一朵嘴角的微笑。

闭上眼睛，一些关于辣的味道，停泊在指尖抵达的鼻翼，悬挂于半空的苹果，漫不经心。

爱，那是天意。

碎玻如雪纷纷降临，牵手渡过粼粼的水面之后，夜，冰封如窗。思念的的鱼骨凿开一个透气的缺口。

刚磨的热咖啡，要吗？

握住一杯大海的泡沫或者浪花从指缝间溜走。透明的干鱼。冰冷。锋利的刀剖开温暖的身体，血的味道举手示意。

鳍痉挛地滑过空气的阻力疑惑是水最后的抚摸，一只鱼对另一只鱼的铤而走险或顶礼膜拜。

夜行火车

那杯水暖暖地睡去。夜有些抖动，蝴蝶的翅膀覆盖黑色的袈衣，一副眼镜对另一副眼镜的跟踪。

一只猫的姿势卧在灯光里卧在夜色的行走之中一只猫眼的符号从西方飘移过来钉在东方的大腿之上。

那些步伐漂洋过海曲曲折折在一个又一个蓝色的拐弯处把那些热情的视线无情切断，疼痛的口子就像一把巨大的桨高高地举起然后深切大海的肌肤。

子夜。一只夜鸟在奋力疾飞。由北方抵达南方那座城市的密林。

那是接连不断的疲惫之后一种心灵栖息的释放。

等待。

一场雨在初春孕育。

那种屈姿慵懒如一枚豆粒在播种之后暖暖地萌芽。

饱满而又弹性。轻触。

那些生长出类拔萃。

视线被绿色静静地过滤。

穿越叶的生动掌声。

麦 垛

视线是不知疲倦的鸟。

麦垛与麦垛，

坐落成驿站。

从前的麦垛已被搬运到了打场，收获扬起的目光掠过一片湛蓝的天空。

那些麦粒重重地垂落如秋日的雨滴，密密麻麻溅起的涟漪此起彼伏。

饱满地握住阳光的手，

堆积如山。

如今的麦垛已成为城市里的一种回忆，各色的汽车来来往往地把它们高大的影子搬运到大街小巷。

谁把它翻晒出来？

遥远乡村一种风景的力量以一种服饰的招牌在风的诱惑下成为一种流行趋势。

麦垛，琅琅上口。

以一种方式或另一种方式在乡村与城市经久不息地传唱。

麦垛。麦垛。

一瀑穿空

远或近。

仰望着一帘幽瀑，传来的声音像一群鸽哨循环往复的飞翔。

那些重重叠叠的眼睛比长年累月峭壁上树身的叶片生长得斑斓茂盛。

流水伴着浪花，起起伏伏的眼神载向远方或者故乡。

一瀑穿空之后，跌宕成一溪流韵。

高或低。

仰望着一帘飞瀑，灵动的轨迹划出一道白练，烙下几只飞鸟的影子。

一颗硕大的牛心置于潭中，那是千年的心跳和着瀑击于心的节拍。

水落石出。

心动于形。

一瀑穿空之后，我用脚步丈量着瀑布与城市楼群层高的距离。

冷或暖。

仰望着一帘冰瀑，凛冽的静寂如锋利的冰棱切割着风的肉身。

坐落在山凹之中，等待阳光穿过树林或竹林的叶梢，那种温暖来自头顶那一片撕开云层的红霞。

坐落在视线之外，那些飞花翠玉滚过红尘，把一串串精彩的过程捧在手上。

妙语连珠。

一瀑穿空之后，冷暖自知，就像我伸出右手的手背或手心。

雨或晴。

仰望着一帘雾瀑，蒸腾的欲望发自内心又飘浮不定缠绵悱恻。

时间的重量和一滴雨水的重量和一缕阳光的重量，变幻莫测的是云霓之虹。

我的脚步在雨中或在晴天都可以抵达一种意外的惊喜。

一瀑穿空之后，心与心的距离因虹而近，因瀑相亲，因雨而润，因晴而酥。

藏寨晨光

远山如黛。

那一片云烟是滋润这一片神奇土地的甘霖。

心是一艘庞大的夜航船行进在金黄色的黎明之上。

厚重的甲板，起伏的波浪。

菜地、绿树、坡道、铁塔，

关于家的话题种植在波峰浪谷之间。

秋的收获沉甸甸地挤满视野，粮仓里的故事不断翻新。

大地之上，如意的磬声响起。

我从藏乡的旁边走过，充当一名匆匆的过客。

青稞情

庄稼成熟的时候，小草枯萎的时候，蓝色的炊烟静静地升起。

一朵蓝色妖姬在远离乡村的城市的早晨轻轻地盛开。

光影的走动，浪推进的声音。

移动的吻印在大地之上。

阿妈那双打酥油茶的手？那双慈祥的眼睛？我在藏寨的对面守望重逢。

那些精妙的诗句在金黄树林的枝柯之间跳来跳去，那是早起的鸟儿的啼鸣，清新的空气在梳理微凉风中的羽毛。

静静的我的离开犹如我静静的到来。

湖光秋影

一幅水墨。

轻轻地扫过怦动的心。

如酥；如醉；如痴；如幻。

那种毛绒绒的感觉浸在梦里的水乡，洇染开来。

云朵飘浮。水草扎根。化石静寂。

那些倒影走在河滩之上，几簇火把传递着爱情热烈的宣言。

游鱼的眼睛藏在湖面的背后。

我轻声地朗读着湖面上那丛树上的消息，没有打扰并肩的两只鸟儿的散步。

那棵树在窗外枝繁叶茂

那些硕大粗壮的树干，那些视线之外的枝繁叶茂，那些深藏内心的盘根错节。

风景挂在窗外，历史矗立眼前，城市的燥热和躁动被静谧地过滤。

坐在茂盛的叶子里，温习一圈又一圈经络雕刻不朽的年轮，沐风栉雨或朗月骄阳的时光匆匆流走又历久弥新。

把树木种植在大地上，把景色写在眸子里，把记忆深刻在记忆中，把联想复印在现实与梦境之间的深蓝色天空成为飘浮的洁白羊群或云朵……

清新的空气、汩汩的山泉、一种持续不断的流动直抵翕动的鼻端。

扁桶峡

被拦腰截断。

筑起的堤坝从视线中高高地举起，跌落的瀑布悬挂成滚动播出的
银链。

乐音的演奏持续昼与夜的轻重缓急。

悦目。悦耳。

顺流而下或逆水而上。

扁长的峡谷一池绿得醉人的春水铺满来路与去路的柔情。

那片水域承载着一片又一片落叶。

飘浮的铜钱，黄或淡黄，星罗棋布，随波逐流。

那群雏鸭，搅动绿意，顽皮红掌，拨动云影。

逐水草而行，藏岸影而居。

万物，傍着旖旎的湖光山色悠然自得。

如绵之瓶

如绵之瓶，透明之瓶，柔软之瓶。

高高举起一束风姿绰约。

散淡，清香。若即若离。

叶子与花的偎依。

瓶罐与枝干的轻靠。

黄昏的时光漫过清凌凌的湖水。

烙印之下，不分彼此。

一片霞光，一朵阴影。

密 地

打开一扇窗户。

那些储存了上千年的秘密生长出翅膀，蝴蝶从一片精致的丛林中飞出。

从一个地方跋涉去抵达另一个地方。水以脚步的方式，风以飞翔的方式，鸟儿以父辈们流浪的方式……

今夜，那些疯长的蒿草将我遗忘，心灵投宿在金沙江的岸边。

孤舟的渔火里，只有水声在浇灌惨白的月光。

河流穿过峡谷。

梦里，被截断的是手术刀下那段坏死的盲肠。

那些坚硬的砖头爬起来，以站立的方式，迎接从山顶上翻过来的阳光。铁轨上火车传来金属的声响把黑色的煤和粉尘碾得透亮，有丑陋的矿石冰冷的钢铁温暖的木材和鼎沸的人声被运去又运来。

劳动周而复始，偶而有咳嗽的声音挂在苦楝树上。

那些后退的影子在深入你的视线之后消退得无影无踪而成为一堵墙的记忆。

就像初恋涉水过桥。

那些波浪藏在暗处。

每个人都有属于自己的密码。你能打开自己？还有谁能打开你或她的心域？

白 坡

涉水而来。

船停泊在渡口，我停泊在半山腰，云停泊在白坡之上。

遥远的手伸过来与村民握在一起，那些擦亮的眼神点燃熟悉而又陌生的故事，秋日的私语翻晒出来，晾于起伏山间小路旁高高低低的树梢。

粮食颗粒归仓，沉甸甸是一篇课文琅琅上口的书声；优质的烟叶被收割之后，那片原野被田埂分割成块状的风景，有慢节奏的影子跳动于琴弦。

在烤房，那些被烘烤得金黄的烟叶已沿着旱路和水路远走他乡。带着余温的话语在村民的口中透出关于收成的消息，犹如爬满青藤的栅栏探出一串鲜红的日子。

核桃树扎根于那些平地或坡地，怀孕的时节远未到来，那种期待犹如出门在外的父亲。

那些羊群跋涉在羊肠小道上，羊蹄下滚落的石子，清脆的铃铛摇碎天光云影。牛羊啃食着沿途的青草遍体鳞伤，逐日的肥硕填满村民离家最近的一个愿望。

那棵枝繁的柿树高过瓦屋的檐，高过我的视线，累累的果实没有一片叶的遮挡，没有沾染一丝尘埃。

鲜红。透亮。

坚硬。柔软。

有阳光从高处穿过屋檐与屋檐之间的空隙地带投射到柿果之上。

阴阳割昏晓。

涩甜心自知。

攀枝花

高大。挺拔。

那些叶子沙沙作响。

抬头仰望。低头沉思。

阳光温暖每一支叶脉的走向，月亮熨帖树干和枝柯的每一寸肌肤。

春天来了。举过头顶的风和阳光把那些曾经绿色的叶子烘得干爽浑黄。

静看落叶或从叶的飘零中走过。

叶为花腾退出的情与泪在皱纹里飞。

叶飘零，就让那些枝桠恣意地把天空切割成块状的蓝水晶。

花丛生，就让淡黄或鲜红在长长的枝条上挤得雀鸟的啁啾此起彼伏。

如血。如诉。

如梦。如诗。

务本——乌拉国桃花

土生土长？来自天外？

你的背影。

婀娜。想象一朵桃花的面容。

嫣然。捕捉。收藏。

更多的美艳簇拥着。

风掠过。雨打过。雪压过。阳光是少女的亲吻张贴在花瓣之上。

眼睛爬满山坡。视觉因滋养而温润，流香因飘曳而融化，触摸因轻盈而灵动。

肉身与精神的慰藉。

那些梦一年一度。隔夜的牵挂历久弥新。

一年一度的赏花人络绎不绝。

与谁共度。

与谁共愉。

一年一度的采果者依然如故。

与谁共舞。

与谁共赢。

那朵花，那段香，那枚果，情有独钟地抵达怦动的内心植入骨髓。

一只麻雀的散步

一地光洁，迈开心情的流畅。

黑褐色的羽毛披上几枚眼睛。

我的思想从眼角流露出一绺亮光，那是一行诗意的表达。

玩伴或情侣在前面还是后方？

闲庭信步，还是郊外散步？

麻雀的思考方式，

孤独。宁静。

抵达远方？

麻 雀

近距离的麻雀。隔着玻璃停在窗台。

相视一笑，旋即飞开。

那种亲近，一种久违握手的温度。

半晌之后。一只蹦跳的麻雀，在草丛中舞蹈。

是早晨相遇的那只？（个头和羽毛惊人的相似，眼睛呢？）还是她的儿子？

一种变换了场地的相遇，视线的无助或者是一种能力的检验。

爱，若即若离。

心思如密集的莲子

莲蓬渐渐老去。

一只鹤仰望的高度是那样漫长。

心思如密集的莲子。

那些甜美的味道在精致的瓷盘里此起彼伏。

纤长的脚在泥沼里，一起一伏，一个世纪的拔高成为晨昏之间的奢望。

那枚夕阳陷在浅浅的脚窝里，淡淡地融尽最后的亮色。

一只鹤是否可以在夜的舞台跳出优美的舞蹈？

两枚莲蓬碰响夜风中清脆的铃铛。

紫 调

　　紫色的温馨在雾气中蒸腾，我的视线在窗外，等待明媚的阳光从薰衣草的叶尖升起。

　　思想沿着通衢大道拐入乡间蓬勃的绿道，抖落一串风尘是静静坐在一圈藤椅中一盏茶的奢享。

　　那些薰衣草的芳香从地中海蓝色的海岸吹来，沿着透明的杯沿吸入翕动的鼻翼。

　　把一粒粒草籽捏于指腹揉成对你思念的粉末而流泻成沙。

　　紫色的温馨在茶烟中蒸腾，我的视线在窗内，等待清脆的声音从薰衣草的舌尖响起。

我的身体需要补充水分

我举起杯子。

带耳的青花瓷杯斟满半杯柔光。

窗外的檐雨滑过视线。

大地在一片雨声中消解着饥渴。

早晨，我去医院抽了三管殷红的鲜血，

其中一管查血黏度。

我举起杯子。

将半杯柔光灌进嘴里灌进胃里。

我不渴。医生说我的血黏度升高血液增稠。

我的身体需要补充水分。

我举起杯子。

柔光能稀释血黏度？

柔光能冲洗血液中的杂质。

对面的女孩

对面的女孩，正对着，正看着我。

与那首对面的女孩看过来的歌隔窗相望邻水而居。

她的脸庞平静而白净，我想起了府河畔春天里那株亭亭玉立轻轻开放的白玉兰。

她的眼睛清澈明亮，没有风动下躲闪的游移，没有垂落馨香花瓣的娇羞。

静若处子。脉脉含情。

人往西去，春水东流。

目光。月光。

净心。萍聚。

下午的阳光临窗而来

她沉浸在幸福之中。

那种幸福洋溢在她用手臂舒展地拂起光泽飘逸的黑发发梢。她那白皙的刚经历一场在一座著名的高山近距离接触紫外线之后泛着淡淡的黝黑还没有褪去的脸庞，她那在野外寒冷寂静的深邃夜空登高仰望苍穹闪烁着明亮星光的眼神，她那在讲述一个与爱人长途跋涉忍受身体的折磨领略异域奇异的风光发出的银铃般的声音，她那在战胜一场大病初愈之后奖赏自己的一袭吊带黑色长裙……

那是午后的阳光透过窗户静静地投射进室内，那盆黑郁金香在光明的环境之中开放得更加灿烂精彩。

那是黑夜与遥远银河的对视，星辰凿亮黑色的天幕经久不息，那种闪烁的美景嵌在她心灵的长河记忆犹新。

星光照亮心灵，心灵辉映星空，星空传递光明，虽然黑夜依然是大地的主宰。

在天桥，阳光透过云层的感动

云层的悬崖，高耸着。

光的带子给云层镶上耀眼的金边，厚厚的云层支撑起一个高高的跳台。

云层在移动，波光在游动。

云层的背后藏着一颗散着金光的太阳。

金光勾勒出曲曲折折的山影，坚硬的跳台在无形的重力下缓慢地崩塌。渐趋柔和的美的调子，使人想到漫长的海岸线镀着一列曲曲折折的金色浪花。

那颗炽热的太阳从峰峦叠嶂的港湾的缝隙处一涌而出。

顷刻之间，云层分崩离析，天空光芒万丈，大地温暖普照。

夏天，蝉在城市里嘶鸣

夏天，一场新雨从早晨落到正午。

阳光从清洗之后的天空透射出来，街道两旁的树们青翠欲滴。

此刻，我的耳朵充满了蝉们的嘶鸣。

那是欢快的嘶鸣，是一台大合唱，持续地冲击着我的耳膜，这声音穿过市声，汽车的轰鸣声，成为枯燥夏天的动人乐章。

嘹亮的蝉声挂在窗玻璃上成为一帘奏鸣的瀑布。

她们的鸣唱比我想象的持续得更久，直到我将于傍晚离开工作的房间。

此时，她们的声音时断时续，但没有忙碌地工作之后的沙哑。

清晰。悦耳。

洞穿城市的肺叶。

城市的高楼在不间断地阻隔着与生灵的交流，流动的蝉声拉近了城市亲近大自然的距离。

阳光，刺痛了我的眼睛

我的仰望承接着你的俯视。

护士，在我瞪大的双眼中挤进了两滴透亮神奇的药水。闭上眼睛。我的世界开始模糊。

为了医生看清我的眼底，必须借助外力的作用散开我小小的瞳孔。

一列强光穿过窄而光滑的甬道窥视我的内心。海底的秘密一览无余。漫长的岁月，时光的无情，几只游鱼在搅浑玻璃体，晶状体。

谁的大手或妙手能驱赶走深海之中黑色影子的飘动，绿色草原上游弋的羊群或牛群或马群。

药物注定无力。

厚厚医书上的丹参、三七、褚实子、大菟丝子、五味子、茺蔚子、枸杞子、车前子……在制药车间被做成棕褐色的片剂。

气微。味微苦。

我执着地举起双眼，模糊的视线却只读懂了生活的一部分章节，那些该有或不该有的杂质掺和其间，精彩的舞台剧在渐渐地退场。

走出大楼，当身体沐浴在阳光之中的时候，我的身后，紧随着一片阴影。

草坪上的一道伤痕

暴雨之后的淅沥小雨中，绿色的草坪满眼生机。

草坪中踩出的那一条泥泞小道格外扎眼，那道伤痕被无数双移动的脚步无情地锯开，绿色的血液流淌殆尽而苍白成一个巨大的疼痛的惊叹号。

一个小女孩在母亲的陪伴下打着雨伞紧挨着小道从一株又一株翠绿的小草身上若无其事地踩踏而过，疼痛让这一绺小草再也直不起腰来。

没有蓄谋，临近受伤的受伤过程是如此明了而又简单。

温暖或恐惧

民间说："七月半，鬼乱窜。"这已是临近的时节。傍晚，回家道路边的树林和草坪，有人在点上蜡烛正准备燃烧纸钱，对远方逝去的亲人将以传统的方式祭奠。

今夜，在谁的梦里会与离开的亲人相会，以怎样的方式，温暖或恐惧。

谁在梦里大喊，持续的惊叫撞击黑暗中白色的墙壁，黑夜中没有喊出一声受到惊吓的理由。

撞进鬼来了，用力把它往门外推。

我把梦里的人喊醒。持续的惊叫戛然而止，从树林和草坪上轻曳地飘走。

雨后的第二天早晨。树林和草坪中留下没有燃完的蜡烛鲜红耀眼，残留的灰烬像夜鬼跑过的杂乱脚印，而草坪上那些晶莹的水珠抑或是思念亲人的感动泪滴。

一只鹰歇于女人的臂膀

一只翱翔于蓝天的雄鹰有劳累和疲惫的时候吗？

它矫健的身影划过长空，广袤的大地在它的俯瞰下与河流、村庄、大地上正在灌浆的青稞擦肩而过。

鹰的飞翔是它的本能，而在这个过程中，山川的美丽被它尽收眼底，只有流云是它最忠实的伴侣。

那些急速的闪电和暴雨已刀枪入库，而它的翅膀依然锋利地削过翻卷着的气流，把原野上的风一劈为二。

谁是它的影子，那日夜的牵挂已流浪到远方，只有梦中的利喙啄破冰凌，刺啦的裂声剖开清晨的寒意。

屋顶上蓝色的炊烟已高过一丛丛树梢，升腾的姿势自然而飘曳。

梦已醒。歇在女人臂膀上那只雄鹰已亮开翅膀，在一片迷离的星光中腾空而飞……

废弃水塘畔的垂钓者

在城市的边缘，这是哪一年废弃的一个大坑？

大地被凿痛的一大片深深的疤痕被夏季一场又一场上演的暴雨一层一层地抹去。

妇人的泪凝成一汪蓝盈盈的湖水。

是哪一年开始？湖畔引来了一个又一个城市里的垂钓者，他们在郊外垂钓着有鱼或无鱼的日子和天空中的流云。

这个废弃的水塘没有栅栏，不收门票，没有人投放鱼苗。

那些稀少的鱼来自天堂。那是无人的夜晚星星飞进了水塘之中。

日复一日。来自城市里的垂钓者垂钓着美好的时光，他们谁也不知道他们垂钓着的是昨日夜空中闪烁的星光。

鸟的家园摇摇欲坠

这是我的艰辛劳动搭建起来的家园。临水而居，道路一旁，掩映在密密匝匝高高挺立的绿树丛中。

一股暖流或寒流将如约掠过季节的河流，扎根的家园注定面临一次痛定思痛的迁徙。

群鸟叽叽喳喳，各抒己见又各怀心思。撤离之前的兴奋或愁云布满孤岛昼与夜的天空。

迁徙的路线支离破碎，沉重的影子各奔东西，在黑夜到来之前，谁最先找到栖身之地。

春去夏来，夏去秋来。高枝上的黄叶日渐飘零，孤独而简陋的鸟巢提心吊胆。

在鸟巢的边缘，还有两只年迈的鸟儿探出头来在交头接耳，或在诉说家园的留恋或者留守对家园的固执。

夜风在抽走鸟巢的枯枝败叶，不间断地漏进迷蒙的星光和浸入脊背的寒意。

那一片林子已破败不堪，鸟的家园摇摇欲坠。

一场酝酿已久的暴风骤雨不知在什么时候抵达，鸟巢的坚守或不坚守注定无力抵御一场毁灭性的泪滴。

冬天就要来临。鸟巢倦怠地诉说着艰难的时光，偶尔的啼鸣拍打的翅膀扬起发自内心的旗语。

　　期待几缕温馨的阳光梳理蓬乱的羽毛，沿着阳光牵引的路径，集聚日渐衰老的力气，在黎明到来之后，振翅抵达抵御寒冬的归宿。

楼顶上温暖的阳光

楼顶上温暖的阳光。

温暖的阳光抚摸着万物。那些温度被平视和仰望的视线和流动的血脉感知。

杂乱的楼顶没有安顿一把让阳光落坐的椅子，或者阴影被一朵流云一带而过。

那些从前的钢架已锈蚀斑斑，往日遮风挡雨的蓬布被一场又一场的北风撕扯得支离破碎，温馨星辰下的交谈像剔除肉泥的鱼骨荡然无存而在对方的沃土落地生根。

这样的楼顶已被来过的很多人遗忘或者带进了坟墓，即使有阳光的烧烤也可感知铁的冰冷。

在几块补丁似的泥土上，有青葱和蒜苗，小白菜和红萝卜装点着残败的秋景，几处飘举的晾晒等待阳光走失之后迎来光顾的主人。

楼顶的荒芜与楼下的繁忙各分彼此。

城市，不同的角色在阳光之下互不干扰地上演。

银杏有叶

银杏树枝上的叶子由绿渐黄。

黄叶如举，站立成密密麻麻冬天的故事。

一枚叶子。无数枚叶子。丰茂成游人如织的背景或寂寞成叶子间风中的低语。

叶熟柄落，一枚叶子的飘零就是从叶海里蹦跳出的鲜活词藻，一串叶子的洋洋洒洒却是朗朗上口的精美诗行……

一阵又一阵的风，叶在低空中的舞蹈淋漓尽致。冬日的亮色恣意地滑过心海。

期待有大面积的阳光从风的空隙地带投射过来而由叶的皮肤收藏。

今日的过客。

明日的来者。

温暖的梦境。

我又一次从银杏树下走过，举目的枝桠上仍有两枚叶子生动地偎依。

忽然就会想起，偌大的冬日公园长椅上，有两位老人在阳光下相互地咀嚼着喁喁的话语取暖。

每一粒沙都有一个地址

一粒沙，无数粒沙……在哪里？

在河湾、在湖畔、在海滩、在沙漠……在我的视线里。

静沙。流沙。狂沙。

沙粒在飞，我的眼泪在飞。

一粒沙的停留取决于一阵风的力度，一滴眼泪的凝固饱含一段情的表达。

一粒沙，你脚下的道路通向何方，黄昏到来，你以怎样的方式抵达夜的归宿。

每一粒沙都有一个分配的地址。

黎明，是打开那扇门的一把金钥匙。

沉默的面对

三棵小乔，席地而坐。

阳光。雨的浇灌。风栖山谷。雾的氤氲袅袅而起，我的视线今夜抵达你的心房。

那些伤害或流言蜚语由来已久，愈演愈烈或偃旗息鼓取决于一棵树对冬天里一股南下寒流的淡定。

无影无踪是一条河流的影子。那只透明的蝴蝶已在红砖砌成的矮墙上冻僵了一双印着花纹的翅膀。

谁带着偏见从一条暗道走向另一条暗道。那扇光明的窗口从移动的脚步下消逝于黎明前的地平线。

一棵树依然如故，那些生动的叶飘落无声。

沉默已深深地扎根那一片沃土，毕露的麦芒不忍刺伤那朵飘移的积雨的流云。

箭镞柔软地坠落于半途。

面对死亡一般的静寂，出手或不出手的交锋注定是一个无言的结局。

拉杆箱

我拖着拉杆箱。

还有我的爱人和夜色。

从火车到公共汽车到地铁。

转场。

拉杆箱很轻,它装着爱人的躯壳和灵魂。

拉杆箱很重,它填满爱人曾经用过的所有物品。

一站又一站。

连接。

一辆大货车在夜里没有限行地呼啸而过。

声音扎碎了窗玻璃。

扼住命运的喉咙

扼住命运的喉咙。

当雷声滚过天空，沉闷的雷声，脚步在雾气之中行走。

不由自主地摆动，用力作垂死挣扎。

喘着绝望的粗气，喷出丝丝毒信。

宰杀自己，那种定力来自天外。

血滴如檐雨之线，直至滴红粒粒珠子。

坠落殆尽。

头颅与身子分家，血淋淋的思想从瀑布之上抛入滚滚的大河。

雪的浪花清洗着最后的血污与杂质。

埋葬于万丈深渊。

融入自然或成为自然的一部分。

与时间一同流走。

之后。

风平浪静。

麦穗生长在你的胸脯

起伏的大地，粘连着我的视线，一丛丛麦浪恣意地生长。

丰腴。饱满。挺拔。

这是成熟的季节，这是等待收割的季节。

母亲的哺育。

乳香。麦香。

透明的雨伞

丝丝小雨。

丝丝飘曳的黑发。

透明的雨伞，透明的空气。

透明的女子走在风里、雨里，走在傍晚回家的视线中。

清淋淋的雨声在把城市这条老街、古墙，还有茂密的小叶榕树洗濯得透明发亮。

头顶上那片天空中的丝丝愁绪也被洗濯得透明发亮。

熟悉与陌生。

一双眼睛紧随其后，一颗驿动的心也被洗濯得透明发亮。

瞬间与漫长。

情有新始，

爱不知终。

背靠背

你背靠着我，我背靠着你。不说话。

窗外下着雨，这是夏天向秋天过渡的一场雨。

我背靠着你，你背靠着我。在说话。

窗外下着雨，打着伞的行人脚步匆匆，雨声让他只听得见雨声。

换季了。

那些疲惫在相互依靠中缓释。

那些分歧在相互倾述中消解。

那些隔阂在相互默念中融化。

行色匆匆。

我们需要短暂的停留。

背靠背。

谁能用琵琶弹奏

琵琶的声音从遥远的天际像瀑布飞流直下。

一种轻盈的脚步被亲切唤醒成为一串追逐。

寻寻觅觅。

流水像飘曳的带子漫过古老的花窗，那是一种声音流动如你的身影经过竹丛和花树。

我在等你。

爱的琵琶藏在音乐的背后等你。

不断的音乐像那只倦鸟的飞翔呈现在眼前而成为午后的一场盛宴。

冬天，一群鸭子的幸福与一只鸭子的孤独

在冰冷的水里，一只鸭子与另一只鸭子以它们自己的方式拥抱着，互相取暖。

一道风景。

清冷的背景下，阳光隐藏在了眼帘的背后。只有一砚一砚的方田就像天空的影子在注视着原野上的动静。

一只鸭子出发了，沿着农舍走向田埂。一群鸭子出发了，沿着那只鸭子蹒跚开垦的脚步，密密麻麻的一串串脚迹，是一位冬日里临窗而过的诗人暖暖的诗行。

鸭子与诗人都在从内心走向自己的归宿。

一幅劳动的场面即将上演或者一次旅行正在进行。

不畏严寒深入到季节的泥沼是寻觅生活最有效的方式，那仰头的放歌或者拍打疲劳的翅膀是舒展自由的方式或者是寻找爱情的方式。

之后，有一叶舟的孤独浮过水面划向投下云影的远方。

遭遇一座城市的心情

　　一列丘陵似的火车像握着一柄利剑的刺客穿透平原的夜色。蛙声编织的屏障被鸣响的汽笛撕裂进入一个闪着灯火的城市入口。

　　于是，有一颗怦动的心来这座城市投宿。

　　广场拥挤，街道冷清。夜生活刚刚散场，灯光是这个时辰最炫目的主角。

　　阴森森的高楼犬牙交错，一只红色的甲壳虫在蛛网上爬行。

　　我是一个匆匆的过客。

　　这座城市是我永远的定居者。

擎着一束梅

擎着一束梅。

梅香高过头顶。我的视线，一只饥饿的蜜蜂粘贴在梅朵之上。

雪道被谁耕耘？深深浅浅的印辙是昨夜梦的痕迹，弧形的栅栏之外是一片透明的天空。

心，树形一样张开。冷，布满于枝桠的神经。风一吹，疼痛沿着血脉游走。

擎着一束梅。

阳光的温度被握在失血的指尖。

水仙之死

那些花球包裹着黑色的外衣，一颗挨着一颗的内心怦然心动。

墨绿色的容器里，水是一方净土，期盼的阳光不间断地投射过来，绿叶如舌挤出挺拔的顶部。

孕育的力，柔软与坚硬，新绿推举着深绿，长或短，快或慢，自身的路漫长而又艰难，执着而又温馨。

指腹与叶片的轻触，质感明亮而厚实。

一棵植物的长势，一串花朵的盛开，精心的浇灌和呵护之下，等待的是对耐心的考验或检验。

心想事成或事与愿违。

等待是一种煎熬，美丽或许如期而至或者擦肩而过。

淡黄、枯黄、干黄。

绕指的柔，折骨的脆，血脉的竭。

心 脏

我剖开胸腔，取出怦跳鲜红的心脏，盛在圣洁的盆中。

我端着自己的心脏，疼痛、痉挛、展示、表白。

之后，胸腔关闭。我的心脏无家可归。

谁能拯救我的生命？

我的爱人、儿女，我的父母、兄弟姊妹，拿手术刀的医生。

在崎岖的小路上，我气喘吁吁地急走。

黑色的眼睛在黑色的夜里寻找着生存的方向。

一只鱼在宽阔的河床里翻了一下身，东方露出鱼肚白。

梦从梦中醒来。心脏像一棵小草在一串露珠的滴灌下复苏。

命悬一线与一线生机。

心脏的跳动找到自己回家的路。

回忆，是一只醒着的鱼

回忆的网，张挂起来，晾晒在风中。思绪飘曳，如柳叶轻拂水面，撩拨游动的鱼。

回忆的河流，季节的河流。

一只醒着的鱼，顺流而下，又逆流而上地做春夏秋冬生命的轮回。

回忆，是一只醒着的鱼。

一只醒着的鱼瞪着不知疲倦的那双水晶一样透明的眼睛，打量着精彩的世界。

这个时候，我们穿过繁华而忙碌的城市街道，走在摩肩接踵的市集，跋涉于宁静而幽远的乡村，一幢挺拔的高楼、一扇明亮的窗户、一棵婆娑的绿树、一条逶迤而走的小溪、一个熟悉或陌生的微笑……都能勾起一抹深深浅浅的回忆。

在某个阳光透过树林像音乐洒落在周围恬静的环境中喝着下午茶时候，眼前的湖光山色或一簇风姿绰约的桃花、李花、梨花……把我们的思绪带向遥远。

或者是月光如水浸进心灵的窗台；或者是雨打芭蕉敲击着怦然的心壁；或者是灯下手不释卷一个相似的情节掠过眼底；或者是闲情所致

"偶然翻相片才想起从前的你"，或者是闭上眼睛聆听一句歌词或一个音符"月光与星子玫瑰花瓣和雨丝温柔和誓言美梦和缠绵的诗"。

20年，是又一轮醒着的鱼回游的汛期。

回忆，是一只寂寞的鱼。

那是姹紫嫣红的花开得很热烈的夏季，那个平常的日子就像往日早晨草叶上的一颗晶莹的露珠自然地滑落融入熟悉的土地；那又是一个不平凡的日子，就像一粒拣选的石子沿着长长的弧线投入绿盈如绸的湖中，溅起激动的涟漪……我们注定去作一次旅行。

寂寞是人生的第一站。告别那一片淡蓝的天空，那一抹迷人的云彩，那一幢熟悉的楼宇或温馨的小院。我们把父母和兄妹凝望的眼神和牵挂打入匆匆的行囊，在挥手之间，酸楚和喜悦哽噎在喉咙之间，吞咽着离别的滋味。

于是，寂寞陪伴着我们绝尘而去，命运把我们带入一个陌生而又新鲜的地方。那时，寂寞更多地侵蚀着我们的心，就像渐渐上涨的潮水漫向芦苇摇曳荒芜人烟的孤岛。

于是，思念在那个季节疯长，我们不约而同地想家，想远方的亲人，想情同手足的玩伴，想像石榴一样鲜红炽热的友谊或像苹果一样青涩的爱情……

"夜愁孤烛语，秋梦一琴传"。漫漫长夜，我们抱着寂寞和思念迎来带着露气和升起早暾的黎明。

回忆，是一只快乐的鱼。

沿着欢快的河流，我们打量着沿途的风景，并成为风景的一部分。

　　在繁华而喧闹的市集，从一个驿站到另一个驿站，我们不停地游走。

　　新奇的目光牵引着我们快乐的神经，来自乡村泥土的气息、香甜瓜果和蔬菜的气息，来自大山深处干货的气息……扑面而来，来自鸡、鸭、鹅欢快的啼鸣充斥着耳鼓，来自清清的池塘、水库或河流的鱼虾蹦跳滴水的舞蹈，来自田野的由农民粗糙而有力的手捧起或放下的粮食沉甸甸着我们的目光，滋养着我们的胃，营养着我们的一生。

　　于是，我们以另一种方式与农民打交道，与经营者打交道，我们的工作有秩序地忙碌起来，就像钢琴在不停的手指弹动下的琴键，音符跳荡着，最初的快感就像轮指和琶音袅袅地浸过心尖。

　　我们开始对陌生的环境滋生情感，渐渐地熟悉一花一木的葳蕤，一砖一墙的苍桑，一山一水的新绿……我们开始与陌生人对话，我们开始对新鲜的事物萌生情趣，追寻着它的来龙去脉。我们潜入商品和市场五彩斑斓的大海中，在风平浪静和波涛汹涌之间，对游弋的角色，求证他们生存的方式和状态。这是一个漫长或短暂的过程，或许它就长成了参天大树，或者像风一样在不经意间消逝得无影无踪，或者挣扎着，像沙滩上翕动着腮而急促呼吸着稀薄阳光和空气的鱼，慢慢地停止了脉搏最后的跳动，而在另一片土地，又有像降落伞似飘落的蒲公英绿满天涯。市场是有情的，它像雨露滋养着你，让你开花结果；市场是无情的，它是杀手，扼住你的喉咙，让你窒息而终。

　　在潮起潮落之间，我们读着扑面而来的雪白浪花，聆听着怦然心动海的跫音……

　　这是一片迷人的海，翩飞的鸥鸟滑翔在海水一样蔚蓝的天空，帆船、汽笛、阳光镀在金色的船舷和甲板上，忙碌的人们开始捕捞或忙着进港出港……

这是一片不平静的海，我们会发现一些不光彩的角色披着华丽的外衣粉墨登场。他们伸出几只黑色的手，搅浑蔚蓝大海的一个或几个角落，这是一个信号。

于是，我们出海将那几抹阴影一网打尽？！

这是一片生机盎然的海，一棵棵"企业"或其他种类的树以不同的风格和姿态植于我们的眸子，或萌生新芽，或茁壮葱绿，或孕育果实，或溢满馨香，我们背负着沉甸甸的职能和职责上路，左手提着"除虫剂"，右手提着"营养液"，我们用双眼探寻着……然后喷洒我们的智慧、心血和汗水，浇灌一串串丰硕的希冀……

这就是我们周而复始的工作，我们工作着并快乐着。

回忆，是一只疼痛的鱼。

这样的日子往往阴雨连绵，雨幕罩住那颗破碎的心，像苔藓一样生冷而潮湿，雨如断线的珠子，滴滴嗒嗒敲打着渐趋宁静而沉睡的记忆。

这些伤痛大都与人和事有关。

脚打起的血泡，嗓子充血的嘶哑，从自行车或摩托车乃至汽车上摔下来的伤痕，默默地捂着伤口慢慢地疗伤或累累写满亲人、同事和朋友的眸子；承受着这一切，在磨砺中学会坚强和镇定自若……但脆弱和忧郁又常常遭遇熊出没的地方，我们更难抵挡的是对心灵的侵害和偷袭。它不可避免地从黑暗的背景地带窜出陪伴在人生旅途的某一个驿站。

遭遇一种病痛的困扰和折磨。

面对医院白色的温柔和恐惧，肉体和心灵都疼痛难忍，经历了苦涩的滋味，亲人的抚慰，生与死的考验，意志在狂风暴雨中与命运抗争之后，对生命的敬畏和珍惜油然而生。但在这一群体之中，还是有几朵绚烂的生命，过早地凋谢于青春的祭坛。我们在绵绵追思和祈祷中祝好人一生平安。

遭遇一种亲人的生死别离。

我们已不再年轻，皱纹开始悄然爬上额头，我们的长辈或更老的长辈，我们的师长或前辈为我们付出无尽的爱之后，显得苍老和疲惫，白色的鬓发，佝偻蹒跚的背影，风烛残年……我们的伴侣、同事或朋友在人生旅途中遭遇意外或积劳成疾……我们在悲伤中感悟人生的另一场景，我们在经历一些过程，在过程中体味泪如泉涌、心如刀绞……在过程中丰富经历和人生。

遭遇一种家庭的劳燕纷飞。

我们在情感的河流中，手中的桨，常常是不能控制别人，有时也不能控制自己。

曾经爱的小舟，被浪颠簸得支离破碎；曾经爱的月光，被云遮挡得无影无踪；曾经爱的琴弦，被力拨断而哑然音绝；曾经爱的羽翼，被箭镞射中坠落长空；曾经爱的花瓣，被雨击得遍体鳞伤；曾经爱的誓言，被风吹得烟消云散。

于是，爱或恨的蝶儿驮着疼痛的记忆沿着长满荆棘的小路又执着地去寻找铺满鲜花的阳光……

回忆，是一只幸福的鱼。

"幸福的家庭都是相似的。"在寻觅爱情的季节里,我们"独上高楼,望断天涯路",在经历"衣带渐宽终不悔,为伊消得人憔悴"的浪漫情怀之后,"蓦然回首,那人却在灯火阑珊处"。是的,我们幸福的牵手,走过红玫瑰的馨香,走过红地毯的热烈,走进婚姻的殿堂,比目鱼幸福的泪,禁不住夺眶而出……最引人注目的,是在"84工商"的大花圃里,开出鲜艳的"并蒂莲"。

于是,在一片又一片阳光灿烂的日子里,我们过着"男耕女织"的恬静生活,我们大把大把地挥霍青春的美丽,我们尽情地享受人生甜美的过程……

当温馨的家庭溢出婴孩的啼哭的时候,我们在幸福中忙碌着,在忙碌中幸福着。一棵小树在大家庭温暖目光的浇灌下幸福茁壮成长,波光粼粼的湖中荡舟,风和日丽的雨后登山,急促匆忙的脚步声里往返于学校与家的接送,熠熠明亮的灯下一幅剪影静静地陪读……动人的画面定格在了时光的背景上。

"人生到处知何似,应是飞鸿踏雪泥,泥上偶然留指爪,鸿飞那复计东西"。20年了,我们不经意地一仰头,一只飞鸟翱翔的姿式掠过蔚蓝天空的朵朵白云,掠过我们深邃的眸子,一种漫长的过程划破长空转瞬即逝……

回忆是一只飞翔的鸟,回忆是一只游动的鱼。鸟的翩然,鱼的灵性,就像精灵,温暖和生动着我们的一生。

风，收藏于金属的内心

一

古老的风，来自四方八面，那些深刻于甲骨的记忆，万年已始，千年不化。

"在块噫气，其名曰风"。庄子的呼喊在天地之间畅快地流动，经久不息。

风杆上的布帛或长羽举手示意，铜凤凰、相风铜乌^①迎风的翼翅翔于楼宇之中，飞临千里之外。

风，明亮的鸟群，流浪在大地与云朵之间，行走在波涛和浪花之上，黑夜的深处或许能够停留疲惫的归宿。

风，聚于中原，聚于风车的内心，那些脱粒的谷物在叶片的转动下让饱满的籽粒与轻飏糠秕摇出分道扬镳的一串叹息和欣喜。

风，鼓满帆樯，在江河湖海升起一片辽阔的风景，水手的划桨和仰望，漫漫丝路，从一个码头抵达一处陌生或熟悉的港湾。

荷兰的风车。在海边，在远古，在远方。一种能量在转动和传递一

---

① 铜凤凰、相风铜乌：中国古代风向器。

种悠长的影响。

从西方到东方。

二

海岛。湿地。滩涂。海岸。

风，拍打着礁石，拍打着水草，拍打着沙，拍打着椰林。

高举的手指在昼与夜的影子里测量风的速度和力度。在浪花之下，在树的叶子之下，在海鸟的翅膀之下，在鱼类的鳞片之下。

风引领着一种向度。

大风起兮云飞扬。

在东方咸味的海水里，风电安装船驶向海风饥饿的目光和深蓝色的胃囊。那些沉重的打桩设备挤压出一簇簇浪花的奔跑，那些起重机械挑亮一群群海鸥划破长空的啼鸣。

我的脚步坚忍不拔。

我的身躯高大挺拔。

长剑。芭蕉。旋桨。翅膀。

锋利的刀子用转动的魔力切割气流，视线从固定的夹角出发，旋出群山的苍翠和天空的湛蓝。

面朝大海，背靠大地。

时间周而复始，风的方向变幻莫测。

太阳从海平面踏歌而来，海风触摸旋转的脸庞，金属的内心滚烫发热。

海上风场，机群布阵。我集聚的能量从海上升压站传导向岸上变电站，传导向星河灿烂的千家万户。

或者在季风和乌云的掩护之下，台风如猛兽暗藏杀机。极端的风速，突变的风向，非常的湍流……或者我的翼翅就被撕裂折断，或者我的身躯就葬身大海……我只能用不屈的意志抵御巨风的偷袭，用抗击风雨的坚强体魄和坚韧的翅膀，在遮雨避风中寻求生存和焕发荣光。

风暴之后，我期待的仍然是风，我吸纳的是风和力。

我生活的词典里，没有风平浪静。

三

山峦起伏。

一列山与一列风并驾齐驱。

风踩过荆棘，跋涉于羊肠小道，流动的彩云是它攀岩而上的保险绳索，洒落的一串串汗水长出一丛丛野花。

悬崖峭壁，我将自己像一棵又一棵高大的树种植在大山的高处。

一列山与一列风机朝夕相处。

阔叶如瀑，每一次转动，就有叶瀑流向天空或谷底。

山的视线在古老中拔高，一架又一架风车悬在阴阳界的边缘，漫山遍野，传唱着喁喁情话。

山还是那座山，风还是那阵风。

山还是那座山，风不是那阵风。

风已成为山中一列旋转的风景。

悬崖上的风挺拔而又张扬，那些错落有致的风车切割着空山的寂静和山下错落有致农家的喧闹。

我站得越高，离太阳越近。炽热的阳光烧烤着我的脸庞，我复合材料做成的面具和山间雾岚涂抹的防晒霜抵挡着强烈的紫外线辐射。

我站得越高，离寒冷越近。这是一场刀剑风霜的相互厮杀，我把风宰割成碎片，吸进庞大的胸腔；我把雪花捏为齑粉，润滑着欢快的转速；我把雨滴燃烧成灰烬，将能量引入网状的河流。在漫长的结冰期里，我将坚定的信念扎根于深沉的冻土之中，凌风而立。

叶片的正面是昼，背面是夜，叶脉在穿越昼与夜的清凉和明亮。

月亮是我忠实的情人，星星是寒冷山野的点点篝火。篝火温暖着我，我温暖着山下和远方的人们。

四

辽阔草原。

风吹草低见牛羊。

我突兀在草原之上，偌大的方阵擦亮鹰的翅膀和眼睛。我的旋转，在鹰的视线里是一场精彩宏大的表演，我的停泊，在鹰的梦境里回到阔别思恋的家园。

一群马匹从我的身边驰骋而过，羊背上的风，牛角上的风和马鬃扬起的风扑入我的胸襟。

一条河流从草的深处潺湲而来，逐风而居，与这里丰茂的水草相邻，风场注定是我今生今世不离不弃的天堂。

风发轫于草的根部。

然后把疾风知劲草的姿式写在大地的背景之上。

流浪已不是风的唯一道路和生存方式。

从我的内心出发，大风以另一种方式离开草原，走向乡村和城市。

长途跋涉的抵达已是华灯初上。

我在黑暗之中与遥远城市的灯火对视，那里流淌着我明亮的血液。

桨声。灯影。

荒凉。繁华。

邂逅远古的亚麻（三章）

金字塔下的阳光，尼罗河畔的波涛……你以怎样的方式抵达而成为皇家安大略博物馆的馆藏。早春的二月，在天府之国金沙遗址公园，一场关于尘封历史与美丽传说的展览诞生在银杏树下。

与远古相遇，与远方相遇，与亚麻相遇。

我读到了，络绎不绝的参观者读到了来自尼罗河畔的女吟唱者木乃伊，尼罗河里的鳄鱼木乃伊，尼罗河上空的隼木乃伊，尼罗河文明中的猫木乃伊。

在它们身上，包裹着动物纤维、亚麻。

冰冷的身躯，温热的灵魂。

还有，女吟唱者声音的纯度，鳄鱼眼泪的湿度，隼鹰翅膀的高度，猫皮毛的温度。

从亚麻的经度和纬度出发，在一个又一个结点，亚麻以自己编织的坚韧与严谨永远不知疲倦地在跨越一个又一个时空。

看到柔软的亚麻，我会想起坚硬的铁。

铁在跨越时空中慢慢变老，已改变称呼为锈铁。

而亚麻还是被称呼为亚麻。

金达^①——把大地喊醒的名字

在嘉兴，从海盐的百步横港出发。

在扬帆的那张船票上，启航的时间定格在1992年12月13日的天空。我清楚地记得，在母亲疼痛而疲惫的微笑中，父亲给它取名为响亮的金达。

小溪河汉，大江海洋。一只舢舨，一艘旗舰。

"臣臣""金元""金地"撑着油纸伞的背影，在"锦绣江南"的丝丝小雨里以谁的身姿走在戴望舒的雨巷？

贴梗海棠的赤，挂在枝头的橙，菊在秋风里的黄，竹叶珍珠透出的绿，景德镇瓷釉的青，薰衣草唇上的紫。

这是大地上长出的名字。

这是眼睛里长出的颜色。

我喊着内心的名字出售梦的影子，我轻柔着指尖解冻时光的质地，我剪裁着悬空的朝霞和黄昏的雨雾，我讲述着飞鸟的絮语浪迹海角天涯。

紫薇^②

一场雨，孕育一粒亚麻。

---

① 金达：指浙江金达集团，金达是亚麻的梦工厂。
② 紫薇：指金达亚麻纱"紫薇"商标。

一夜风，吹开一树紫薇。

那一株一株茁壮成长的亚麻，站在田野，被一排排视线收割。伤口很疼，像血色的黄昏。

这是一种过程。我要在黑夜里褪光你身上最宝贵的皮肤如冬眠在幽深洞穴里的蛇。

在这个丰盛的季节里死去，在这个忙碌的季节里以另一种方式复活。

在不断延展的纤维里，流淌着不可磨灭的家园。

一朵紫薇，一枚商标。

生活的美好从一朵精炼的紫薇开始。

短裤、长裙。

T恤、衬衫。

在温馨的居室，你用凉爽或温暖与这个世界平静相处；在行色匆匆的街巷，你色彩斑斓或素颜朝天，茫茫人海里激起的浪花经久不息；回到乡下，泥土阳光和水和味道又勾起你走在乡间小路上湿漉漉的记忆，或许，一仰头的相遇，就喊出了曾经侍弄过你的农人的名字。

穿着紫薇的香气出发，谁就会想起"掬水月在手，弄花香满衣"的诗句。

每一朵紫薇来自天然。

每一枚商标来自修炼。

岁月如风，穿越大街小巷清冷与丰盛的时光；

岁月如刀，雕刻乡村集镇清瘦与丰满的年轮；

风无痕，刀无影。

埋藏在雨声里的符号浮出水面。

我们是一种秩序的亲历者、见证者、守望者……

——题记

走失或上演的痕迹

1

太阳举过头顶，从雾气萦绕的山坳，黎明的曙光流过堤坝泻成一道跨越夜与昼的瀑布。

我是一名懵懂的冲锋者，是枪声和口号沸腾了一腔热血。

滚滚的洪流，冲破牢狱的大门。

天亮了。

人们睁开眼睛，惊奇地打量这个世界，这个世界在发生翻天覆地的变化。

光明是放飞的音符。我逐着音符在忙乱的城市奔跑，一切都需要恢复秩序或宁静或此起彼伏地热闹或躁动不安地喧嚣……

我被历史选择，就像一枚棋子，被命运钉在刚刚开局又纵横交错的坐标上。

我的手臂佩戴了一副标明我身份的红袖套，就像一面旗帜鲜亮了那条街道和那座百废待兴的城市的风景。

2

目光对峙着目光。

一方是利益的受害者，

一方是形象的受害者。

政策被那个时代绑架。

深一脚浅一脚从田垄走出来的稻谷、麦粒、玉米、花生、大豆以及杂粮都失去了自由在一夜之间改变了自己的名字被唤成一个统一称呼，被封杀在几个阴暗的角落。

它们的交易失去了自由，它们的交易场所失去了自由。

阳光和面包成为奢侈品。

忧郁的眼神被拧出水来。

把饱满的粮食和土地上的收成换成几瓣钱币就像市集上的小偷在经历一场炼狱。

猫和老鼠的游戏在此起彼伏地上演。

我们各自成为自己的主角。

观众游离于角色之外，又在角色之中。

3

以一种形象走来，在那个特殊的环境里，我用一架砝码度量着金子和炭的颜色。

大千世界，人流如潮，忙碌的人们背负着不同的经历和思想在各取所需。

或习以为常，或偶尔为之，一种品质在灵魂的深处被第三者称量，只是一些如被打翻的盒子晒在了阳光之下，一些如锈蚀的铁器锁在了黑暗之中。

一台公平秤。

你的目光走过来，我的目光走过去，

就像桥梁。

静静地坐在喧嚣的世界。

独守一份清贫，

而把公平公正和谐像一米阳光送到千家万户。

4

你有一个花的名字。

你诞生的时候是父母宝贝的女儿。

呵护你，滋润你，哺育你，锤炼你，一方水土养育了你的精气神。

你羽翼渐丰，你走南闯北，你用你的名字，你的外表内涵品质和潜能征服着你的对象。

你成长的时候是父母宠爱的女儿。

你的名字属于你的父母，属于你自己，属于你这个家庭或家族也属于整个社会和拥有的物质精神财富。

你成名的时候是父母担心的女儿。

你的名字是你的本源，当你知名、著名、驰名了之后，或许就有人借你攀上高枝，或许就有人打起了你的主意。

你被许可使用，或许被转让，或许被拍卖，或许被傍名，或许被仿冒，或许在域外被抢注……

因为爱而掠夺，因为爱而加害，爱让你花容失色，遍体鳞伤。

世世沧桑，物欲横流，无论你在繁华的都市，还是在僻静的乡村，无论在你生命的本土，还是在你漂泊的异域……

凝视的目光，

寻找的视线，

牵挂的眼神，

遥望的泪花，

你永远是父母真心的女儿，你永远要成为人们信赖的女儿……

5

缺水的时光我对着月色发呆，月光铺天盖地地浸润开来，成为我亲近她的奢望。

于是，所长带领我们掘井。

一钎，一錾，一锤。

一锄，一镐，一挑。

一个沉重的话题被我们用阅历不同的双手打开。

我们用目光测量着进度，用脚步丈量着深度，用肩膀担起生活的重量，用头颅托起生命的质量。

思维在濡湿着砾石，

干渴被刨在躬耕的身后，

浸出一滴水打破了一座小镇的宁静。

这是心灵与泉眼的对话，

这是甘泉滋润心房的过程。

月光从我的脸颊上流过，站在夜的窗口，泉水从井口溢出冬天的温热和夏日的清凉就像春天和秋天来得那样自然……

6

紧握着一种使命，就像孩子紧攥着一枚金币。我们借着朦胧的夜色，在黑影出没的地方蹲守，蹲守成几尊雕塑，只有心在怦然地跳动。

风与风对话，一只虫子在翻过田垄上被藤蔓缠绕的栅栏去幽会它的情人。

等待影子的出现。

时钟就像一张弓在用力地把夜深拉长，死寂在折磨着无畏的坚守，疲惫在挑战着意志的坚强，怀疑在肢解执着的信念……

对手的较量像缺氧的鱼儿浮出水面，

网在悄悄地张开。

缺氧的鱼就像是一场病，在健康的水域潜伏传染。

对手与对手的较量是不知疲倦地寻找下一个目标，就像是夜与昼的棋子对弈。

智者，在举手之间已是技高一筹。

7

我是一只鱼，一只幼小的鱼，在街道的两岸或市集的回水弯或乡村的某个拐角处游走、停留。

热闹是我唯一的营养。

小溪是我的故乡，江河湖泊是我的牧场，扬帆的大海是我的梦想。

一只鱼跟着我，一群鱼跟着我。

我被喂养着，我喂养着别人，世界因交换角色而精彩。

鱼在长大，划水刺很辛苦，鳃因劳累而充血，鳞在拼博和碰撞中掉落的痕迹还历历在目，妻子用水的温柔在擦洗裂开的伤口。

一群鱼在奋起直追，竞争是它们终身的游戏。

裁判就在它们中间，或在岸边，或在茂密的森林背后。

一些鱼在畅游江河，一些鱼在直奔大海，一些鱼在为产卵而忙碌地洄游……

这是一种生存状态。

一些鱼因营养不良而缺氧，一些鱼精疲力竭地在沙滩上停止了呼吸，一些鱼被另一些同类或异族吞进了强大的胃里……

这是一种消失方式。

一批鱼死了，就像钢钉斜挂着蒙尘和干瘪的执照；

一批鱼从商海被一支笔无情地注销。

只有鱼眼放大成那枚印章的鲜红在打望着这个不惑或迷惑的世界。

8

种植下一棵树，或许又一棵树，在住所的旁边。

树与树的交流，我与树的对话，成为那个时节赶走孤寂的最好方式。

树枝繁叶茂，绿叶对根的情义托起一片天空。

春夏秋冬，

一颗平常的心等待一场雨或一场雪如期而至。

那是一个酷热的夏季，无精打采的树们大面积地中暑，晨鸟因嗓子冒烟而吵哑，劳作一天的人们在夕阳收起它最后滚烫的金子之后而搬运来大把大把清凉的时光浇灌在隐隐作痛而又纵横交错的根部，干裂的唇就像一片叶子因滋润而鲜亮。

呵护一棵树，或许又一棵树，或许一片树林，或许一片森林的成长是我们义不容辞的责任。

我们对树林的情义托起的是另一片天空。

9

住在那幢木格子花窗的小楼上，那是我们的蜗居，我们的喜怒哀乐在小屋里上演。

厚厚的砖墙剥蚀的尘灰随风而走。

冬天的潮湿和阴冷，夏天的酷热和烦恼，打包寄给远方的亲人，又留下一部分给自己。

或许，手捧枯燥或动人的读物，在春天的土地上耕耘，让成熟或生涩的思想像禾苗一样萌芽成《春天的序曲》；或许，将一把吉他置于墙角成为静物，让闲暇弹奏熟稔和思念像薰风沉醉窗下不经意的路人于《秋日的私语》……

后来，这样的小楼和小屋成为我们珍藏的照片的背景和讲述的故事。

宽敞与明亮，桌椅与电脑，洁净与清爽、书画与植物……

在自己与隔壁的房间里，上演历史与现实的一段真实的对话。

10

这是那个时代维护生存的营养。

粮票、油票、肉票、布票、蛋票、奶票、酒票、糖票、鱼票、豆腐票、自行车票……

票与票叠加成一张张蜡黄的脸挂在迎来送往又拥挤不堪的窗口，蛇形的排队是微曦的晨光中熟悉的风景，漫长的等待像一条鞭子在抽打焦躁的黎明。

城市与乡村在经历一种短缺的煎熬。

生存的营养很重要也很无助。常常被幕后的黑手倒去倒来，而在匮乏的营养中攫取匮乏的营养。

我们被赋予一种权力，将可疑的行踪禁锢在属地的势力范围。

一种代价与另一种代价在正面的交锋中惨痛地付出。

这，不是一种长久之计？

朴实而又寓意深刻的票们就像一叶小舟在穿越历史的河流，忧愁就像淅淅沥沥的小雨不断地打在没有撑油纸伞的江南……

雨，什么时候能停？

冷风在叩问拾级而上的石阶。

漫长岁月，凄风苦雨，揉皱或破碎的脸镌刻着撕心裂肺的疼痛。

票们淡出视线就像一群舞者在谢幕退出舞台之后而在人们的记忆里票册内博物馆中找寻一席之地。

静静地偎依在尘封之中细语如虫之唧唧：

收藏历史，历史就能增值。

11

于是，我们与食品打交道。

这是我们赖以生存的营养，我们以正义的名义维护生命的意义。

这是一个广阔的领域，这是一个庞大的市场，这是一个川流不息的网络。

它们沿着不同的渠道走来，就像流水线。

新鲜的，从田间地头走向城市，贴着保质期的在城镇聚集、停留或走向乡村。

这是一个花花绿绿的世界，我们热爱它的生态和纯朴，健康和精致；舌的平台，胃的博爱，踮起脚尖的味蕾期待一日三餐色香味和真善美的舞蹈。

却有加倍的甜蜜素来欺骗童真，有苏丹红来打扮生活的虚伪，有福尔马林的浸泡在为腐败保鲜，有吊白块在漂白贪婪的欲望，有工业用盐在卤出馋涎欲滴的滋味，有甲醇在勾兑酒的芬芳，有农残在戕害氤氲的茶语，有瘦肉精喂养的注水肉和添加三聚氰氨的奶在希望增强民族的体质……

一些罪恶的魂灵在金钱的诱惑下披着华丽的外衣粉墨登场。

记忆唤醒责任，利剑斩向幽灵。出手的轻重缓急是灵魂与灵魂的击打，是考验与检验的天平。

于是，我们与食品打交道的时候要多长一个心眼。

12

父亲的背影，母亲的眼神。

长大的我从他们的言谈举止中读懂了一种期盼。

能担负起这一份责任吗？

稚嫩的肩膀，热血的胸膛，鹰的翅膀凌空欲飞。

这是坚实的背影，这是坚定的眼神。

生命的含义像一把打开精彩的钥匙在庄严地传承。

我紧握一种嘱托，在父亲走过的那一片熟悉的土地或未走过的陌生领域。

爱在左，情在右，信念就像一盏灯塔停泊在有风或无风、有雨或无雨的内心。

我把希望放在掌心，就像放飞一只鸽子……

父亲转过背影，母亲抬升眼神。

大地一片宁静，鸽子的天空蔚蓝而又辽远。

13

雪，落在远方，落在崇山峻岭的异域。

坐在都市里的牵挂如一条银链把心与心连在一起。

那里有我们的兄弟姐妹，越是在这个寒冷的季节，越需要雪中送炭。

有渴盼的眼神越过雪原，在等待冰山上的来客。

穿越冰天雪地是我们的心意。

带来雪中的问候虽然很轻，却像莽莽雪山一样厚重而又纯洁，彼此的手紧紧一握，就像一场雪崩在震撼对方的内心，温暖就像电流从桥上走过。

物质的抵达或许微不足道，精神的仰望却可超越飘雪的天空。

这是候鸟一年一度的飞翔，从暖带到寒带的飞翔，这是一种另类的迁徙，就像鸟翅掠过雪域，短暂而又急促。

只是一瞬，却要温暖一个冬季。

14

这是一段内部消化的爱情。

就像一剪梅，就像一管横吹的玉笛。

它来得那么快，那么直接？

它来得那么慢，那么舒缓？

这样的爱情同样沐浴风花雪月。

像风一样杨柳拂面，撩拨发梢。

像花一样姹紫嫣红，暗香浮动。

像雪一样冰清玉洁，飘飘洒洒。

像月一样浪漫多情，穿梭云海。

这一场爱情来得自然而又贴切，亲近而又宁静，温馨而又甜蜜，就像风掠过水波的声音，花打开花瓣的声音，雪飘落村庄的声音，月走过树林的声音……

这是万籁俱寂之耳倾听爱情的声音。

这一种爱情执着、坚韧、沉稳、和谐。

就像早晨荷叶上一粒晶亮的露珠，凝结在乡间的路途上，城镇商家的监管中，案件的调查检查里，执照的申领颁发间……这是工作油然而生中凝结的友谊、友情和爱情，婚姻和家庭沿着时光小舟的流驶而水到渠成……

这是周而复始的工作，像爱情。

这是一生苦心经营的工作，像爱情。

15

种子，像一颗饱满的乳房，捏在丘陵起伏的畎子里，美好的事物接连不断地播种到土地的内心。

泥土的温暖和营养，瑞雪的滋润和呵护。

静静地在子宫着床，健康地孕育和生动地萌芽是对生命的景仰和祈福。

你一粒又一粒却是披着黑衣的幽灵。逃避着一次又一次的抽捡，用膨胀的水分代替发芽率。

你亵渎着这片胸襟博大与坦荡的土地的圣洁；亵渎着辛勤耕耘与充满希冀的土地主人的朴实；亵渎着肥沃或贫瘠的土地生长出美味佳肴的食者的挚爱；亵渎着牵挂土地上的收成与硕果的守护者的目光……

一地秕壳的结局。

一地辛酸的泪滴在萧瑟的秋风中诉说：

这不是一个无言的结局？！

16

土地的营养被一茬一茬的庄稼像针管抽得板结而枯涩。

又是禾苗拔节的时节，农民关于肥料的话题在那条蜿蜒的乡村公路上望眼欲穿。

磷的含量被吞噬得只剩下文字的躯壳之后，却以一种夜的方式沿着血脉一样崎岖的小路运往田间地头。

欺骗被纯朴和虔诚埋在作物的根部期待长出丰盛的果实。

天长日久。

等待犹如一枚攀爬的月亮，映在村里激滟的池塘，长在房前屋后高高的竹梢。

农民的笑脸，就像一堆被沤在地里的农家肥慢慢烂掉，悲愤就像一阵风张贴在村头的记事栏里，获得物质和精神双倍赔偿的途径曲曲折折，就像一缕阳光在穿过田野的沟沟坎坎和弓着脊背的那几道山梁。

17

一种虫害在蔓延。

农作物嫩绿的叶在自己的掩护下无法逃避蚕食。

过期的笑脸张贴着有效的标签在招摇过市，善良在阳光下被阴影哄骗，农药稀释之后被喷洒在叶面上，所到之处流淌着把虫子杀死在视线之内的保证和誓言。

虫害泛滥成灾。

收获欲哭无泪。

一种无效的药什么时候被有效的药医治？！

18

一位老工商走了，就像自己的早些日子的某位长辈，这个消息就像一阵风传递给一个又一个的亲人和他工作过的范围。

他走得那样安静，就像秋天的一枚树叶飘离于逐渐衰弱的一树老年群体。

他走得那样亲切，就像伸出一只温情的手抚摸过婴孩红润的脸蛋之后而收回粗糙与冰冷。

他走得那样牵挂，闭上眼睛的思念是谁送他一程或未送他一程而不涉及个人的好恶与恩怨。

生与死总是与啼哭有关。生的时候属于一个人，走的时候属于一些人，一些人的多少决定人们对他的念想和感动。

哭的时候总是与眼泪有关。眼泪是一种心痛的标志和冲破情感闸门的音符，与一生填发的执照或收取的市管费个管费或罚没款的多少有关或无关？就像水的凝结与冰的融化来自它内心的温度和其自然流露的状态。

静默于灵堂前。

对生命的追思是其音容笑貌的复写。

对生命的敬畏是人在旅途的反思。

对生命的珍惜是生者对死者最后的访问而让生命更加丰富和精彩的结语。

深深地三鞠躬。

老工商微笑着与悲伤对话：

出门的时候，轻轻擦干眼泪，别惊醒一颗刚刚熟睡过去的心脏的跳动就像微风别滑落竹叶上那枚晶莹的露珠。

19

在那个时节，种植下一丛莲，是从清凌如水的莲塘移栽过来的，就像雕板印刷在厚重而深沉的背景上，印刷在上上下下的视线中，印刷在宁静与浮躁的心灵深处。

是周敦颐"出淤泥而不染，濯清莲而不妖，中通外直，不蔓不枝，香远益清，亭亭净植"之莲；朱自清的《荷塘月色》从幽远的深处照下来，静静地泻在这一片叶子和花上；是八大山人荷茎的坚韧与瘦削，荷花的平静与恬淡，豪放与温雅，单纯与含蓄；亦是张大千"君子之风其清穆如"，"水殿风来暗香清"的荷花图。

风荷、雨荷、睡莲、清莲。

荷与莲对坐。

坐看云起。

一年四季的清凉月光般流溢，像叶那样清纯，像花那样圣洁。

用一生的精力养护。

从莲开始，心若止水。

以洁修身，宁静致远。

独爱莲。

独爱廉。

20

这是郁郁葱葱的竹乡，我们把东坡居士"不可居无竹"的诗句种植在八小时之内或之外，种植在钢筋水泥堆砌起来的房前屋后……

于是，我们从板桥的衙斋之外静听竹之萧萧中"一枝一叶总关情"细语：

竹在拔节，这是风吹木折、雪压不倒的气节。

竹本无心，这是虚情若谷、温和谦逊的本心。

竹身挺拔，这是刚直凌云、飘摇自持的坚定。

竹叶婆娑，这是绿意盎然、充满活力的博爱。

亲近竹，这是亲近自然的一种方式；亲近竹，这是亲近竹的品格的超然脱俗；亲近竹，这是亲近竹文化的内涵与言语的深邃，传承与流动的容颜。

我们沉浸在竹韵中潜移默化，在潜移默化中身体力行。

21

那是驻场的日子。

驻场是我们的一种工作和生活方式。

驻场的日子很愉快，也很寂寞；很平静，也很烦躁。

从一个乡场到另一个乡场，脚在亲密地接触乡村公路的坚硬与瘦削，血泡的疼痛像锥子在穿刺坚强与脆弱的心跳；自行车转动着上坡或下坡，直道或弯路，龙头的方向紧握着明确与坚定的目标前方的风景，风就像一只忠实的狗在跟着我的影子流浪。

与这里的山水打成一片；

与这里的油菜花、麦苗、稻香、果林、竹林、树林和鸡鸭成群的田园风光打成一片；

与这里的待人接物风土人情打成一片……

我熟悉着村庄的名字，小街的名字，商铺的名字，商品和服务的名字，就像熟悉山的静默，水的流动，日的升起，雨的飘落，云的妩媚，雾的蒸腾……

一棵树，绿了又黄，黄了又绿。河流咀嚼着光阴的碎片和生动的倒影慢慢老去。

这是另一种方式回报大地的养育之恩。

如今，我仍在驻场，或者住在城市一隅怀想着驻场的日子。

22

十字路口，红绿灯，挤公共汽车，打的，转地铁，骑电瓶车、自行车，自驾车，快步，电梯，进门倒右，上楼倒左，几扇窗口在按部就班地倾听来自四面八方的述说。

一些门敞开，一些更多的门敞开，在履行手续和程序之后，我的目光在颁发一张张进入市场的通行证。

一些门关闭，一些更少的门关闭，一些非分之想被拒之门外，智慧和资本在创业的大潮中和更广阔的空间充分涌流。

谁在敲门，同事？朋友？代理？上下左右的关系？

清脆。急促。轻缓。

举起的手停在风中。

我代表一种职责在把关，把好市场主体的入门关。

面对门，一张醒目的告示贴在一年四季川流不息的门楣：

请走绿色通道。

排号、领表、填表、申报、受理、审查、核准、发照。

这是一种程序，阳光下透明的程序。

程序就是秩序。

23

友谊或工作，某些时候是从一杯酒开始。

谁有这样的过程或无这样的经历。

时间与空间，陌生与熟悉，过去与现在，人物与故事……

一个话题在把另一个话题拉近，就像碰响的酒杯。

举起一杯酒，举起一些对话。

一些往事，一些回忆，一些今天的开端与明日的约定，一些场景与一些新朋故旧就像电影在穿越阳光、空气和水。

荣誉与协作，豪爽与推辞，诙谐与幽默，轻松与紧张，浮躁与淡定，强迫与退让，逞能与示弱，应酬与交流，喧嚷与沉闷，争吵与调侃，矫情与放纵，温馨与宁静，坚守与逃避，随意与和谐，疏远与亲近，伪装与真诚……

醉，非醉？

酒的价格与品质，人的酒量与品德在水涨船高？

白酒。红酒。啤酒。黄酒。洋酒。泡酒。

选择或是别无选择。

谁将它倒进胃里勾兑成一片掌声或歌声或喧哗或静寂。

我们把一个话题发酵成另一个话题的种子。

用酒说话或话在酒中？

于是，酒被传承和发扬成一种文化。

白月亮、红月亮、黄月亮、大海中泛着泡沫的月亮，从异域遥远的窗外搬运过来的月亮……

举杯邀明月，我们饮尽一片月光，又被一片月光饮尽。

24

是雨中的身影，你打着一柄能遮住你魁伟身材的黑色大雨伞，在察看市场的建设工地。

这凝聚着你和同仁们的心血，它撩拨着你的神经，你履行着一种主人的责任。

脚手架的身体布满着水流，冷吗？

砖墙泡涨了红红的脸，疼吧？

那一段新砌的水沟能让雨的脚步走得顺畅吗？

视线在雨水之外，思想在雨水之中。

一砖，一瓦，一木，一石。

河沙，水泥，钢筋。

就像熟悉的身体器官，这些平常的建筑元素在建造遮风挡雨的交易场所。

熙来攘往的集贸市场，新鲜丰盛的农副产品批发市场，琳琅满目的工业品市场，堆积如山的生产资料市场……

这是一种恢复，是城市与乡村丧失了一个时期的生活元气的恢复；这是一种牵挂，是从早到晚吃、穿、用的满足与牵挂；这是一种提高，是容量与功能的升级换代；这是一种增强，是与时俱进的商品与市场辐射力的拓展与竞争力的增强……

付出心血和汗水滴滴嗒嗒。汗水如雨水在一如既往地浇灌城乡市场或幼小稚嫩或亭亭玉立或如参天大树的蓬勃生命。

25

长在海拔800-1500米云雾缭绕的高山，我是茶，是迷漫清香、浓香、高香的茶。

长在宽阔狭长一望无际而饱含蒸腾的水气和日照的河谷，我是烟叶，是矮树一样生出大片的叶面能制出金黄的烟丝和熏染肺叶的烟叶。

长在深山椴木、栓皮栎、麻栎、青刚栎的腐木上，我是银耳，是乳白或米黄透明柔软形似菊瓣或牡丹，没有被硫磺熏烤的滋养润肺的银耳。

长在沟壑纵横莽莽苍苍沐浴着信天游声音里的黄土高坡，我是小米，是能量平和，亦暖亦阴，细小鲜黄，喂养一方的辛劳和革命长大的小米。

长在水网密布波浪起伏浩瀚无边的江河湖海，我是鱼虾蟹，我是生存的营养，是胃和生命的动力，是活蹦乱跳的馋涎美味。

长在风吹草低绿浪满眼馨香扑鼻的辽阔草原，我是成群的牛羊，我是品饮山泉咀嚼仙草和鲜花沐浴阳光和流云的牛羊，牧人挥动的鞭子名声在外。

经过千百年的历练和风餐露宿，我大剂量地吸纳自然生态环境和历史人文的甘露，一双又一双热情的手，托举土生土长的我终于长成一枚响亮的地理标志商标。

在那一个经度和纬度的范围，在那一个广袤或窄小的领地，我以独特独立的身份占领着身价倍增的市场。

26

好黑，夜把夜掩藏。

沿着无名的小巷或者磕磕绊绊的楼梯，倒拐再倒拐，尽头的铁栅门锁着生锈的自由。

身份证的年龄被利欲熏心篡改。

稚嫩的脸孔在诱惑之下打扮成熟。

或独来独往。

或鱼贯而入。

一张黑色的大网在空气污浊的环境被无形地罩住。

一双眼睛盯着魔兽。

又一双眼睛盯着魔兽。

思维走火入魔，时间走火入魔，饱食与饥饿走火入魔，水走火入魔。

父母急迫地寻找从日光之下到月光之中，城市的角落和集镇的边缘打了一个趔趄，泪眼充血不止，呼喊声嘶力竭。

阳光在撕开厚重的帷幕，一次次从黑暗中把孩子解放出来。

却仍有"网瘾"在攫取一颗颗童心从蔚蓝的天幕上，白云撕扯着一绺又一绺的疼痛。

堵与疏，从来都是一道难题，自古至今，就像治水。

谁是大禹？

谁是李冰父子？

27

那一片蛙声被掠走，从稻花香里说丰收的田园，月光下的田园。

那一纵蛙跳从田埂到田埂的旅途中被追赶的脚步逮捕，光明掉入黑暗之中。

从农田到集市到餐桌在上演一出悲剧。

害虫们躲在某一个角落窃笑。

淹没在嘈杂的市声里，有血腥味的气息像游丝在传递着忽明忽暗的线索，于是，我们顺藤摸瓜。

一些健美有力的蹦跳被剐得血肉模糊，疼痛难忍；另一些瑟缩着拥挤在蛇皮袋剪开的几个洞口张大嘴巴喘息着最后的拯救。

等待是目睹血淋淋的过程。

刀光剑影。

这是一场短暂而又长期的战斗：谋杀乘虚而入（幕启）；弱势得到保护（剧中）；自由来之不易（尾声）。

悲剧拉上帷幕，哭泣戛然而止。

放归田园回归自然是伸胳膊蹬腿在清凌凌的水波中悠然的滑翔和一首悠扬的乡村夜歌或晨曲。

每天，跨进这扇大门，你就这样亲切地迎迓我，就像迎接我自己。

拾级而上，举手投足，我一步一步地精读正人先正己的古训。

面对你，或许我很平静，平静如镜，就像大海辉映那颗喷薄而出的红日。

面对你，或许心很不安，就像湖泊的波纹掠过接连不断的震颤。染了一丝纤尘么？期待一场雨的擦试。

国徽，红盾，领花，胸牌。

微笑，坦荡，荣誉，内疚。

试镜者纷至沓来，经历着自己的检阅和灵魂的拷问。

是正衣冠？

是净心灵？

来，我正面接受你的挑剔。

去，我问心无愧挺起脊梁。

29

风景就在近旁或在远方，对于我们的眼睛和心灵，伸手可触。

于是，我们以一种业余的方式，记录着生命中行走的过程和感动。

春天，花开了，次第打开花瓣的声音被湿润的风传递过来，我们用集体的行动和随心的表达把她的精巧和美妙专心地收集起来。

夏天，广角的阳光将我们跋涉的身影投射到大地和山峦的背景上，果实的成熟在经历一种内在的孕育和激情的冲动。

秋天，镜头们转动视线，穿越城市和乡村那一片黄金分割的动感地带，在少年的眸子里，老人的凝神中，行走的背景上，精读历史与现实、本土与异域、湛蓝的天空与忧郁的檐雨……

　　冬季，雪在静静的田野或在莽莽的高原飘落成一种动人的呼唤之后，在怦动的心灵深处堆积成越来越厚重的思想。这样的季节，打开门扉或生起炭火都是生命的一次真实的选择。

　　这是逐美而走的一群摄者。这是一次生活与精神的会聚。果实，或生涩或甜美，或稚嫩或醇香……

　　就像晨光中晶亮的露珠从草叶或花瓣上自然地滑动或滴落，汇集或静停……

　　生活，等待每一次平凡而生动，真实而精彩的出发。

30

　　路牌。灯箱。墙体。车身。

　　静止或流动，白天或黑夜，在户外。

　　你以动感的形象和煽情的语言把城市的色彩大面积地提亮，大片的风景和更多女人的美丽跌入形形色色的眼底，城市被一种力量拉入广而告知的生活。

　　阳光的紫外线过度地曝晒你抹着15倍防晒霜的脸，风掠着黑白飘曳的裙裾，雨打湿你的百年润发，你涂抹着欲望的鲜红唇膏的翕动呼吸着城市的湿润和废气，从法国的香榭丽舍大街空运而来的毒药和出自美国山德士的肯德基的味道从葱茏的行道树的缝隙如一束车灯的光芒匆匆掠过，暮归的夕阳随着安吉尔自行车或驾着城市猎人或甲壳虫驶向种植了一万棵森林之后刚刚入住的夏威夷第一期楼盘，一款新版的手机正播放着一颗新星演绎的一场华灯初上的音乐。

我以《广告法》定位的职业习惯近距离地接触你的一言一行，就像一名学者在显微镜下研究一只昆虫的翅膀。

蝴蝶扇动一座城市，流行的风沿着大街小巷此起彼伏。忙碌而悠闲的人们，或者被感动或者被诱惑或者视而不见或者无动于衷或者在各取所需。

31

梦，静静地被森林包裹着，像一颗硕大的翡翠绿水晶球坠入深邃的视野。

思维如百丈湖①游鱼的鳞片密集，不同种类的知识浩如烟海，开启智慧之门的经典博大精深，经验源远流长而又不断鲜活……

喘息的群鱼在漫长的游历之后等待充氧，疲惫的飞鸟在不停地穿越城镇街道的拥挤之后等待洗肺，思想和行动的马达在周而复始的运转之后等待一次加油和充电。

来自四面八方的期望聚集在阳光升起的地方。

我是一只黎明前出发的鸟，驮着清露和晨曦，去完成一天最初的功课。

桨的声音，鱼的声音，花的声音，树的声音，谁在把春天的情节读得朗朗上口。

---

① 百丈湖：位于雅安市名山县，四川省工商干校培训中心坐落于旁。

一只又一只从外地赶来的蜜蜂在交头接耳，他们在交流着采集阳光酿蜜的方式。

　　一枚枚精致的贝壳沿着湖边有秩序地排列过去，倾听着湖的内心的味道。

　　雅雨①沙沙地浇灌着这片林子，翁翁郁郁的。我把一种心情轻轻地举过头顶打成一把伞，走在清凉如水的石阶，湖面上的精灵跳荡成一片迷离的音乐。

　　爱，深不可测。

　　钓竿静静地坐成一线倒影，凝固的雕塑等待一次既定和意外的收获。

32

　　夜渐渐深了，逃避检查的影子在村口张望成鬼鬼祟祟的模样，一颗煞白的流星在黑色的天幕上稍纵即逝。

　　茂盛的桑树一字排开，像孤独的雁阵掩盖着虫子的鸣叫。一辆偷偷摸摸地载着化肥的车辆像时隐时现的灯光打着某种借口在凹凸的机耕道上铤而走险。

　　举报像一道闪电划破燥热的夜空，正义的出击面临风险和暗藏杀机。

　　勇敢在强大的夜色中显得苍白无力，你愤怒的喝斥和坚强的臂膀最终没有抵挡住最恶的惯性，一颗刚毅的头颅过早地倒在旋转的车轮之

---

① 　雅雨：与雅鱼、雅女并称"雅安三雅"，有"三雅文化"之说。

下……生命如花，过早地凋谢于田野的一次惊心动魄的狂风暴雨，指挥之手戛然收住激越的进行曲而在瞬间上演一出悲怆的音乐。

怀孕的妻子和苍老的父母在以泪洗面，捶胸顿足；我们在悲伤之中不能自拔，又在悲愤之中艰难而又执着地前行……

这是一段记忆，这是一段历史。

这里坐落着一座墓碑，这里耸立着一座丰碑。

33

"取之于市，用之于市"。

将这一枚精致的短语，张贴在贩卖者的耳门成为一道风景是那个时期我们工作的重要组成部分。

理解或不理解，争论或不争论，情愿或不情愿，逃避或不逃避……从口袋里掏出或从那只小钱箱里捡出几张揉皱或杂陈的纸币或翻找出几枚锃亮的硬币换成市管费票是一种应尽的义务。

拿着市管费票，走在大街小巷偏僻乡村，走在棚盖下楼层上，走在摊位前店铺内，走在阳光下走在阴影里，走在风雨间走在晨曦中……口干舌燥，据理力争，拥来挤去，长途跋涉，身心疲惫，恶语相加，甚至伤痕累累流泪流血，坚强和脆弱的肩膀担负着一种责任。

义务和责任是付出和奉献的代名词。

它们之间就像有桥或无桥的河流，有时走得很近，有时相去甚远；有时显得亲切，有时带来抱怨。

我们在取之于市中忙碌，在忙碌之中用之于市。

义务与责任的双手托起的是市场的繁荣和兴旺。

曾几何时？

政策与现实在打架，义务与责任在冲突，既定的职能在移位，预期的效能在滑坡……于是，在困惑中有艰难的前行，有讨价还价不绝于耳，甚至在法庭上有慷慨激昂的唇枪舌剑。

权力与利益在进行一场博弈。

"取之于市，用之于市"在岁月的河流中渐渐偏离既定的航道，一把老舵在吱呀的摇橹声中逶迤而疲乏。

于是，我们多予少取。

后来，我们只予不取。

我们用智慧和行动在实现一种超越。

超越的力量在托起市场的新一轮太阳。

34

棋盘。

大街小巷被视线和绿树分割成网格；乡镇村社被田野和道路分割成网格。

将沿街沿路和楼宇里的市场主体精心地种植在网格之中，就像农民朋友在春天栽插下一株株翠绿的秧苗。

直线是一种秩序。

斜线是一种秩序。

零距离。近距离。远距离。

距离是我们巡查的脚步和网上轻击鼠标的移动。

我们将你的名字、容貌、资本、活动范围、劳动方式和行为动态定格在了不断刷新的屏幕上。

这是一种新的耕作和工作方式。

这是由粗放向精细的转变。

春天辛勤地播种，夏天施肥或治虫，秋天快乐地收获。智慧的结晶就像棋盘似的田野上金灿灿的谷粒堆积成共同的财富。

35

是高原之舟，是高原奔驰的骏马，是高原飞翔的雄鹰。

如今，你停歇在大院的一角。

你太累，骨骼散架，瘫痪了，只有"工商行政管理"六个蓝色字体还在车身上光彩夺目，那是你不死的魂。

你矫健的身影注定萦绕在我的心间如一段前世姻缘。

跋涉在蜿蜒曲折的山路，翻越冰天雪地的高原，徜徉在幽深狭长的河谷，行进在绿浪无边的草原，深陷在泥泞不堪的小道，抛锚在填满碎石的险坡……

载着酥油茶和糌粑的深情，载着青稞酒和哈达的炽热，我们把崭新的营业执照送到牧民聚居区新开的商店，在牧民围坐的青青牧场对供奶的合同给予悉心的指导，在一畦欠收的麦田受理一起引发怨气的举报投诉……

闪光的红盾透过如镜的车窗，定格在了高山上飘曳的雾霭，倒映在了雪峰下孤独的海子，陪衬着原野上盛开的花朵，掠过近旁和远处缺氧的枯树和黄草，辉映着夜空皎洁高远的月光，遭遇了突袭而来的冰雹雨或暴风雪，熏染了层层叠叠的秋林与鸟影，擦亮了暮色引来的乌云和晨光中的霜挂……

你停歇了吗？

你的后来者已载着一片新的阳光上路。

36

电波在跨越鳞次栉比的高楼，连接熙熙攘攘的城镇，辐射偏远分散的乡村。

这是12315网络，我们用双手搭建起的网络，维护消费者合法权益的网络。

一座又一座的桥梁，搭建在经营者与消费者之间如一道雨后的虹。

焦急与期盼，陈述与倾听，争吵与辩解，真实与虚假……

家电在运转中停机，手机在通话中断电，服装在干洗中褪色，美容在护理中长斑，餐饮和娱乐在服务中宰客，旅游的报价在提高质量在打折，玉石的A货与B货在偷偷换手，药品和保健品在诱人上当，煤油灯在点燃中爆炸伤人身体，非B啤酒瓶在打开时爆裂扎中眼睛，铡草机在转动中绞断手指，房屋在交易中缩水，食品在购买中变质，种子在种植中减产，化肥在施用中失效，农药在喷洒中"伤农"……

沟通与协调，调解与裁决，调查与取证，立案与处罚。

一种理由在把另一种理由驳斥。

一种判断在把另一种判断推翻。

一种信息在把另一种信息演绎。

一种意见在把另一种意见接纳。

一种惩戒在把另一种惩戒交流。

一种引导在把另一种引导升华。

12315，我们在把一组号码搭建在机关、市场、商厦、超市、街道、社区、乡镇、村社、学校，在把她的信誉搭建在消费者的心坎上，在把她不断拓展的功能搭建在广阔的平台上……日积月累，有家喻户晓的传播在与日俱增新的内涵和外延。

37

漫山遍野的果林结满沉甸甸的丰收结满沉甸甸的心事。

大片大片的土地堆满水灵灵的菜蔬堆成偌大一块心病。

农人的忧愁布满古铜的脸，一朵积雨云君临头顶，待嫁的姑娘在渐渐失去她的妙龄和花容月貌。

谁来把她从农村娶到城市，新郎在那遥远的地方？

城市的餐桌果盘和乡村的农田果园期待一年四季的红娘。

渴望是一条河，那座桥梁一头连着农村千家万户的农户，一头连着城市千变万化的市场。

那根红丝带，是农村输入城市生存的营养，是城市输出农村发展的血液。

红娘们在传递信息中巧舌如簧，在收受佣金中牵线搭桥，在双方成交中笑逐颜开。

在那座桥上，风雨和阳光握手言欢又擦肩而过。

智慧和心血是共同浇铸的铺路石。

从肩挑背驮到自行车摩托车拖拉机运，从汽车轮船到火车飞机……忙碌是从手中不断流过的风景。

谁的手在点石成金？

一片土地在把另一片土地拓荒。

一条道路在把另一条道路拓展。

一个区域在把另一个区域拓宽。

一个时代或一个地域在叫着或叫响一个名字：

编儿客，铲儿匠，串串、贩子、中间商，农村经纪人。

38

十月，金色的十月。

太阳如沐浴的莲蓬，照在热闹的集市，高耸的写字楼，沿街的商铺，乡村的连锁店，沸腾的开发区，熟悉的办公室和户内野外由绿变黄再变红以寄托相思的植物……

十月，雨季的十月。

一些曾经在绵绵梅雨中生霉的日子像一把钝刀，在贫穷枯瘦的肌体上雕刻清苦的年轮，阴冷而潮湿的苔藓爬上皱眉的额头，关闭的窗户在痛定思痛中被有力地面向大海推开。

十月，收获的十月。

我们用上下移动的算珠，用方形的计算器，用敲击的键盘，盘点着越来越丰盛的成果，就像金色的谷粒装满谷仓，就像与日俱增的数据累积成一串串晶莹剔透的葡萄，看在眼里，甜在心头。

　　十月，欢乐的十月。

　　如林的手臂举起一束束鲜花，汇聚成幸福的海洋，我们的笑脸定格在了这难忘的日子，无论是满头银发，布满饱经风霜皱纹的老工商，还是岁月留痕，担当重任凝视远方的中坚力量，还是写着稚气，充满信心扬起风帆的工商新兵。

　　十月，矫健的十月。

　　我们打着鲜艳的五星红旗，头顶共和国的国徽，肩扛红色的盾牌，我们的脚步坚实而又有力，豪迈而又奔放，铿锵而又执着，我们走过清晨的街道，走过傍晚的小区，走过繁忙的城镇，走过遥远的农村，走过宽阔的天安门广场，走过广袤的祖国大地……

　　满一个甲子的新中国，在倾听我们的声音。

　　共和国的每一天，在倾听我们的声音。

39

　　从起拍价开始。

　　近在咫尺的拍品在受到冷落或是青睐？

　　春拍。秋拍。

　　急拍。缓拍。

　　拍卖师举着拍槌，高高地举起。

一个数字，又一个数字在节节攀升。

这里在拍卖远古时代的一件青铜器，在拍卖西汉或东汉的一帧或几帧隶书、行书或草书的拓片，在拍卖西晋或东晋的山水或仕女，在拍卖唐朝的唐三彩，宋朝的青花，明清的宫廷旧事或民间传说，在拍卖近现代经过做旧的赝品，或许在拍卖深山新探明的矿藏或刚出土还没有剖开的原石……

这里在拍卖长满野草和将耸立高楼的地块，座无虚席的人们在拨开草丛和堆着的乱石瓦砾，瞪大的眼睛在寻找规则或不规则的A、B、C、D，是志在必得，还是暗度陈仓。

这里在拍卖一幢烂尾楼，在拍卖抵押的房产，在拍卖一批公车，在拍卖几枚闲置的商标，在拍卖广告的黄金时间或地段，在拍卖一瓶窖藏的老酒、一盒明前的新茶、一盆珍贵的兰花。

过眼烟云的物品和财产权利备案之后在一件一件地示众。

举牌或不举牌。

花落谁家？谁家花落？

涨潮跌潮的标的就像扑腾的浪花中时隐时现的暗礁，显山露水是它应有的价值？

一种欲望把另一种欲望占有，金钱是至高无尚的权力。

拍卖师举着拍槌，高高地举起。

一个数字凝固了，一串数字凝固了。

公开公平公正——

掷地有声。

40

泡上一杯茶。

一天的工作，从一杯茶开始。

于是，一杯茶与一个品牌有关与它的品质有关。

于是，一杯茶与一个商标有关与地理标志有关。

蒙山甘露，黄山毛峰，巴山雀舌，西湖龙井，六安瓜片，云南普洱，安溪铁观音，武夷大红袍，峨眉竹叶青……

袅袅茶烟从一座又一座名山升起。

款款茶名从品饮和传播声中鹊起。

一些茶或另一些茶得到过我们的一种呵护或滋润？或者在茶园与采茶姑娘有过攀谈，或者在公司车间与老总有过品牌战略的研讨，或者在销售的市场与顾客有过满意度的调研。

端起茶杯。这是与不同种类的茶器的亲密接触，或者就感受到了它的肌肤的热度和温润。

玻璃杯、保温杯、陶瓷杯、塑料杯、纸杯、紫砂壶、盖碗……

轻轻揭开茶盖，打开一些思路。

缓缓吹动茶浮，移开某些羁绊。

叶子飘曳沉底，静下几多浮躁。

在透明或不透明的生活里，泡茶是一种生活方式。

忙碌，在忙碌中喝一杯茶。

闲暇，在闲暇中品一杯茶。

烦躁，在烦躁中牛饮一杯茶。

沉思，在沉思中啜饮一杯茶。

开会，在间歇中呷一口茶；交谈，在停顿中喝一口茶；来客，在坐定之后敬上一杯茶。

一花一世界，一叶一菩提。

喝茶或品茶，机关里的一种修炼或平常人生。

41

谁在把天上的星辰摘下来，挂在夜的街市。

装满货物的推车碾过那条划定的街道，停泊在涨潮的人流。

是一段热闹的停泊。

是一份收获的捕捞。

流行的服饰，精致的用品，馋涎的吃食……

位置的选择是别无选择。

招揽生意的方式却可施展拳脚。

夜深了，人流跌入谷底。

谁还在忙碌？

疲倦在盘点着一夜的收成，星星还在眨着或明或暗的眼睛。

42

辽阔的大地生长出自然和人文的风景，就像朝圣，人们远道而来又离它而去。

亲近风景，就像父母亲近孩子，儿女的名字被如数家珍。他们以自己的挺拔雄浑俊俏美丽成为大地的骄傲。

峨眉的秀色、青城的幽静、乐山的佛光、九寨的仙景、四姑娘的美貌、稻城的神山、蜀南的竹韵，还有东北的林海、南国的波涛、苏州的园林、北京的长城、西安的兵马俑、西藏的布达拉宫……

每一处风景都留下按动的快门，定格游人的眼睛，每一处风景都留下游人的身影和跋涉的脚步，还有几处刻下"到此一游"深深的疼痛。

我们在浩荡的人流里或稀疏的游客中维护南来北往的秩序，维护着食、宿、行、购、玩，关注着喜、怒、哀、乐、忧。

大雪有封山的时候，候鸟有迁徙的时候，月有阴晴圆缺，游季有旺有淡。变幻的是风景，坚守的是秩序，热情的手臂亲切的手掌拍出的是清晨的一轮红日。

43

一排农房掩映着一排农房，一丛竹林掩映着一丛竹林，一条小河杂草丛生地穿越村庄之后在污染一座城市。

从一个又一个农家收集起来的生猪，沿着田间小路或行驶货车的大道走向这里，它们在走向生命的尽头，沿途的风景静默成一种告别仪式。

屠宰场，猪们的眼睛充满恐惧和疑问。

为谁而死？

黑夜包裹着罪恶。黑色的水管直插而入，猪的胸膛和胃囊被强烈地注水，挤出门缝的号叫是它们最后的控诉，捆绑四肢的痉挛是它们无力的挣扎，稀释的鲜血灰暗的壁墙映衬着几个手忙脚乱的黑影……

死得其所？

肥与瘦黯然失色地摆在黎明的案桌上，继而摆在晌午或傍晚的餐桌上，在举箸之间啖出的是怨声载道。

定点宰杀，还是把住准入？

打掉窝点，还是防控规范？

索证索票，还是预先赔偿？

分段监管，还是植入芯片？

猪在生死之间或在此之后还要背负着强加给它的痛苦和恶名？

请尊重和善待猪们！它们在饱着人们的口福，缮食和营养着人类的过去现在与将来。

44

这是从城市地图上裁下的一截直线，是实实在在的一条绿树蔽日的一条街道，它就在我们日常生活左右。

这是一顿早餐：东珍豆品，麦村鸡汁锅贴，葡式蛋挞黄；这是一顿午餐或晚餐：倪豆花，俞记土鸭子，吴顺清青椒鸡，盐边牛肉驴肉，廖排骨，绝味鸭脖，巴井乡烟熏土麻鸭。

这是开门七件事：鑫民副食店，永逸村粮油，香油老店，通慧超市，铁观音茶业，永丰蜂蜜，天伦月饼。

这是流行的服饰：伊豆，麦垛，爱美，伊顺，东方雅韵，时尚前沿，南林，爱·乐，瑞丽风，艾瑞斯，自由派，七色，柏氏，水木年华，清逸，法玛妮娅，卓诗尼。

这里连着生老病死。这里有庆庆婚庆，妇幼医院，有田婆婆洗灸堂；有孕装中亿，好孕，母婴坊，爱婴1+1；这里有童装奇宜，好贝儿，亲子馆，Tom and Jerry玩具店。这里是德仁堂药房，情缘保健，慧康盲人按摩，国医堂；这里是卧佛山公墓，是红枫艺术陵园。

这是国泉房产、步升房产、顺驰不动产，这是原动力租车，这是精视力眼镜店，这是兰红书店、清馨书屋、学府文具、新世纪印务，这是隆发装饰、雅禾广告、龙特利漆业，这是娜·美一族饰品、智源布典坊，这是创艺美发，这是雅丰源美肤馆，这是刘师锁具修车，这是野战动物医院。

这是与我们生活紧密相连的名字。这些名字由经营者命名或他的合伙人或他的亲朋好友或取名公司命名，它承载着一种朴实或时尚，它表达着一种情感和希冀，它蕴含着一种渊源与文化，它联想着田园及都市的风景，它或许从异域泊来或是本土的标新立异，它凝结着父母对儿女十月怀胎，一朝分娩的激动与欣喜。

这些名字却是由我们核准注册在这条街道醒目的位置。在这一行政区域和同一商品或服务类别它却是与众不同的唯一。

我居住在这一条平常的街道，每天从这些名字的旁边走过；你居住在另一条街道，每天从另一些名字的旁边走过。

这些名字和其他更多的名字在生生不息地走进我们每一个人的生活，为它做了点什么或与我们有关，禁不住自豪和崇高起来，也许是微不足道，但内心常常涌动着一种满足。

这条街或许就住过或住着某位名人，我说的这条街道是正通顺街。这里就住过巴金，他的家曾在这里，一口双眼井滋润着他永远的《家》《春》《秋》，一口双眼井被命名为成都市双眼井小学，由流沙河题写的校名，透着纯正与静气坐落在这条街，校门口的墙上镌刻着88岁的巴金用颤抖的手写给家乡小朋友们的亲笔信。从双眼井或双眼井小学走过，或许就会想起巴金曾说："找到双眼井，就可以找到我童年的脚迹"。这条街还有巴金《憩园》命名的憩园酒店，还有战旗歌舞团(西南剧院)或许就上演过歌剧、舞剧《家》，或许上演过精彩纷呈的川剧、京剧、话剧、音乐剧、歌舞演唱和音乐会，或许你曾经以演员或观众的身份身临其境。它还住着许多许多的普通人，就像普通的生活，这些名字就在我们每一个普通人的心里，我们从这里走过，我们在这些写满招牌的门店走进或走出，我们从这些名字的偏旁部首走入它们的内心深处，它们是我们生活的一部分，我们感激着生活，感激着它们是我们生活和生命中不可或缺的一部分。

或许，这个名字就在一夜之间消失。

或许，这个名字正在改头换面。

或许，这个名字就成为一家百年老店。

或许，这一条街道就可浓缩人的一生。

45

陆陆续续来到所里的都是清一色的女子，所长也不例外。

于是，女子工商所的名字渐渐地弥漫开去，就像那一丛紫丁香，从窗户沿着熟悉或不熟悉的街道走得很远，香得醉人。

她们是父母的女儿，是子女的母亲，是丈夫的妻子，在更多人的眼里，她们是穿制服的女工商。

阳光下，风雨里，从一间商铺到另一间商铺，从一家公司到另一家公司，她们好似几只勤劳的蜜蜂从一朵又一朵开放的花瓣投递或采撷关于春天的消息。

热情在传递，咨询在解答，监管在延伸。

办公室，市场中，从一张报表到另一张报表，从一件案子到另一件案子，她们好似几只忙碌的鸟儿从一树枝头到另一树枝头传送着佳讯或在葱郁的枝柯啄食别有用心的虫子。

温柔在体现着温馨的管理，侠骨在展示着果敢的执法。

歌声。笑声。委屈。泪水。微笑。沉稳。爽朗。严谨。

还是那丛紫丁香，从春天到夏天，从秋天到冬天，名声很远，美得醉人。

46

这是父亲的一把钥匙。

一把打开市场大门的钥匙。每天早晨，父亲都用他那双迎接家人的双手打开晨曦。

一切是那样的熟悉而又陌生，就像长出一茬又一茬的坚硬胡子，在每天清晨扎破新鲜叫卖的黎明。

父亲是市场的所有者和管理者。

父亲很激动也很自豪，很忙碌也很充实。

父亲是市场上的运动员和裁判员。

父亲很困惑也很委屈，很茫然也很期盼。

角色与角色的定位是历史的印记，角色与角色的转变是现实的催生。

走过阳光，走过风雨。父亲很疲惫并在疲惫中慢慢老去。他的心思只有他的儿子最懂，就像河边柳树上那只水鸟与水鸟的倒影的对话。

儿子接过父亲的钥匙。

一把打开市场大门的新钥匙。

对于父亲是结束，对于儿子是开始。

47

远道而来。

那些甜言蜜语的诱惑和对财富的幻象，亲情和友情被蒙上神秘的阴影。

逼迫而至。

是在车站码头被人诱骗或在街道小巷的拐角处被人恐吓。陌路和陌生在夜幕的掩藏下滋生一场黑色的罪恶。

在城中小区，在一个又一个小区的聚居点；在城郊接合部，在一个又一个城郊接合部的出租屋；在一个网站，在一个又一个网站的网点；一传十，十传百……滚雪球的泡沫，在暗流涌动，在一个又一个阴暗的场所那些发光或迷茫的眼神在经历一次又一次的洗脑。

从开始传销一种或几种产品，到传销项目开发、投资理财的概念，到传销虚无缥缈的发财梦想。

门里门外，上线下线，线上线下。

欲望在膨胀。失望在叹息。绝望在挣扎。

一个无助的眼神期待救助的火星点燃黑暗中自己孤独的影子。

急中生智。

那个12315求助电话酿成一次工商与公安联手的行动。

夜幕降临是剑出销的最佳时刻。

那些窝点被车灯和对讲机的声音串连起来。

面对狡诈的谎言和卑鄙的伎俩，那一副冰冷的手铐在夜的黑暗中闪着锃亮的寒光。

面对那些疲惫不堪的老人、怀抱孩子的母亲、惊慌迷茫的学子……那一张遣返的车票是回家温暖的记忆。

48

一丛一丛的竹。

一山一山的竹。

这是竹的故乡。

白夹竹、楠竹、罗汉竹、人面竹、方竹……

在春天，拱出地表，坚定向上的气节，笋壳的包裹，犹如组织的呵护。

亲近而又自然。

拔节，再拔节。凌云壮志。坚定的品格刻在看过来又看过去的眼神中。

从过去传递到现在传递到将来。

笛孔中明亮的音符接连不断。

谁的手指起伏摁动流水的节拍。

阳光。月光。

雨滴把清新写得碧绿，把清廉写得碧绿。

那些密密麻麻的叶子生机勃勃。

掌声经久不息传到很遥远的地方。

竹根紧紧地抓住大地，这是一种坚守。

竹，生长在我们工作和生活的天地之间。

"不可居无竹"！

大竹，挺拔向上。

49

坐着。站着。

等待。对话。

琳琅满目的商品或精致的服务在供顾客选择或被巧言令色地推销。

周而复始谋生的手段。

阳光从东方升起，冷雨在午后落下，路灯与树影掩映着夜幕拉下沉闷的卷闸门或锁紧透明的玻璃门。

疲惫的灯光或擦亮的月光把生活的影子压缩在路沿或折叠于斑驳的墙壁。

阴晴圆缺的生意经在一个又一个舞台艰难或快乐地上演。

家庭的主角、生活的主角、社会的主角。

面对面。

谁在以管理者自居，谁在以管理的名义搭载部门的利益。在他们的收入中，一年一度的验照或年检在借口或谎言的掩护下有一块蛋糕被无情地切割。

会员的身份被强加或被罩上美丽的光环。自由的内涵被改写，自愿的表达被歪曲。

定额缴纳或讨价还价。

面对面。

强势与弱势在刀锋之下一分为二。

哀而不伤或怨声载道。

50

那些在街道旁、集市中、楼宇里、园区内、乡镇上次第生长的市场主体千姿百态。

他们的名称、容颜、言行……在春夏秋冬之后，将经历一次法定的年度检验或验照贴花和加盖戳记。

这是一种形式，这是绷紧的一根琴弦，从春光明媚的三月弹奏到六月令箭荷花开放，谁将它遗忘？逾期或将受到怎样的惩戒？

在你来我往中疲于应付或应对。

那些不和谐的音符此起彼伏。

经年累月。

一粒种子在孕育一种希望，一条道路在找寻另一条蹊径，一种期待在酝酿成一次变革。

三月的春风，再次君临。

那片年检的黄叶翻页而过，那片年报的新叶摇身而来。

51

这是一张网，互联互通。

这是无数张网，网名别致地晾晒出来，在城市乡村，在天涯海角被眺望或呼唤。

静下来，坐在各自的节点上。

打开网页，打开通往世界一扇又一扇窗口。

点击鼠标，点击抵达内心最近的一条道路。

你来我往，那些商品和服务来自四面八方。

那些清新的空气迎面扑来，那些铺满鲜花和绿树成荫的道路迎面而至，那些原野上饱满的庄稼等待金币打造的镰刀，那些经过包装的花言巧语敲击耳门，那些扑朔迷离的秀色眼花缭乱。

货架上，那些五颜六色的商品和服务琳琅满目。

那些锃亮的购物车或柔韧的购物袋在各取所需。

在这远在天边近在咫尺的窗口，谁从高高的橄榄树上采摘香甜或苦涩的果实。

将白天包裹成黑夜，梦在大街小巷不间断地投递。

支付与收获。满足与愉悦。约定与反悔。欺骗与被骗。投诉与接诉。辩驳与言和。被罚与处罚。

网上网下。

人在网里，物在网中。网线或无线置身事外。

52

复旦·印象

2015 年 11 月 21 日至 30 日，作者在复旦大学参加了一次培训学习，感慨良多，欣然记之。

燕　园

一路风尘，下榻燕园。

遒劲有力的字张挂于我的视线，或许，在你的背后有一段撩拨人心的故事。

沿着颜筋柳骨的脉络，我的脚步穿过政通路、邯郸路……或许，我的眼睛能够找到燕园的风，燕园的雨，燕园的钟声，燕园的小桥流水、葱郁树林和明媚阳光。孟冬，一群南来飞鸟的翅膀划过蓝色的天空与一场寒流如约而至。

"旧时王谢堂前燕，飞入寻常百姓家"，从遥远的唐朝而来，李登辉校长手植燕园于莘莘学子的心坎之上。

入者幽深宁静。

出则书声琅琅。

那些书声散发在燕园的景致里，那些美好的日子浸润在复旦的校园中。

校史馆

怀着一种虔诚和崇敬，沐着淅沥的小雨，行进于周末清新的校园。

白墙。灰砖。红墙。飞檐。

一幢精致的小楼。一对石狮守护的大门洞开岁月的斑驳和温暖的守望。

一百一十年的长河，那些精彩的浪花拍打目光的岸。

于佑任，邵力子，马相伯……名人，名师，在吴淞，复旦冉冉升起。

"卿云烂兮，纠缦缦兮。

日月光华，旦复旦兮。"

默读孙文的"努力前程"，聆听一遍《复旦校歌》，周谷城、陈望道、苏步青、陈寅恪、竺可桢……那些德高望重的长者迎迓在我们的身旁，他们的故事或者谆谆教诲犹在耳畔。

一帧图片、一幅书法、一页证书、一张图表、一段文字、一卷书籍、一件实物……

从李公祠、江湾、重庆北碚，再到江湾、邯郸、枫林、张江。

轻轻打开时光的折页。

历史的述说，深情的讲解。

那些艰辛与坎坷，那些砥砺与抗争，那些悲怆与凄婉，那些荣光与辉煌，那些跋涉与求索……一串串凝固的音符在一管悠扬的横笛里吹响抑扬顿挫此起彼伏。

站在结语前，驻足凝神。一条河流的编年史波澜壮阔地激荡一颗滚烫的心灵。

侧身而去，河流却已翻开新的一页。

馆前，只有那一排排挺拔的树木在冬雨中根深叶茂，而那片偌大青葱的草坪正诗意盎然地绿满天涯。

校　训

"博学而笃志，切问而近思"。

一百年前，李登辉校长带领大家朗诵校训的声音回响在耳畔。

子夏在春秋就开始朗读。

经久不息。

今日，复旦的学子仍在朗读。

历久弥新。

面对巍峨的高山，广袤的土地，漫长的河流，辽阔的大海，高远的天空……谁能以广博的学问，探究生长的植物，遗存的化石，洞悉动物的生存，人类的生命和深邃的灵魂。

面对兴衰的历史，分属的地域，多样的民族，纷呈的文化，日新的科技……迫近时光的推移空间的转换，谁能切问与静思大千世界一米阳光或一缕雨丝跳动的脉搏。

举起叩问的笔，不矢之志攀登成疲惫的瘦骨。

踏进琳琅满目的校园，无论历经几个冬夏，还是短暂停留几日，沐浴着传道授业解惑的甘霖，而校训这段梅枝嫣然的暗香，或许更可潜移默化人生的几多亮色。

风中的月色

复旦的月色，有风。

入冬以来最大的一场寒冷书写在校园灯火阑珊的枝头。那些叶的坚守和飘零注定在今夜恣意地展露灵魂与肉体分离的挣扎或是心甘情愿地走向梦的归宿。

在3号楼，一场吴晓明①关于《科学与社会》的讲座正如期上演。一个重要的哲学命题被钉在几天前预告的墙壁和当日的海报之上。

从中，或许可以找到通往世界的另一扇门，哪怕是开启域外吹来一阵清风的窗口。

灯光静静地把影子投身到风的背景上。

鱼贯而入的学子，座无虚席。我顺风搭乘了这班开往春天的列车。

侃侃而谈。

那些科学与社会的定义，内涵与外延的阐释，关联与互动的表达，那些古今中外思想家经典的语录脱口而出，那些深奥的名词或表述被一个个栩栩如生的故事在谈笑间娓娓道来暖意融融，那些即席的问答探究着问题的深度，托举起智慧的高度，碰撞出思想的温度，增

---

① 吴晓明：复旦大学教授，上海市哲学学会会长。

强了当下的热度。

　　冬天里的春天。

　　一粒火种点燃跳荡的篝火。

　　一份热能畅通凝滞的血脉。

　　一叶小舟滑翔清冽的涟漪。

　　一只飞鸟展翅朦胧的夜色。

　　这是一处港湾或驿站。铃声骤然响起，黑夜将从停泊的空间出发。

　　一仰头，满月正悬天空。

　　错过了许多流光溢彩的日子，今夜与你同行，我却放慢了凝望的
脚步。

历史每天都在发生。

纪录是一种精神，

纪录是一面镜子，

纪录是一个生命对另一个生命的启示。

留住今天，留住明天的历史。

——中央电视台纪录频道片头宣传语

纪录·北川

1

那些云朵，是那样安静。

静成帆的停泊。

那些云朵，是那样飘曳。

动成蹀躞浪花。

祖祖辈辈的仰望，越过青翠的大山，把记忆的云朵张贴在蓝色的背景上。

春夏秋冬的时光，穿过奔腾的湔河，把放牧的云朵融进起伏的绿波之中。

一朵云对一朵云的追逐。

一朵云对一朵云的牵挂。

一朵云对一朵云的守望。

那些关于云朵的故事在彼此传唱又源远流长。

吮吸着云朵的水滴，纯净和纯粹在日积月累地净化搏动的血脉。

细小的杂质和流淌的杂念在贫瘠的土地如干渴的庄稼孱弱得难以生存。

与云朵相视而欢，与云朵相握而近，与云朵相拥而歌，与云朵相依而梦。

于是，我靠近和亲近着这片叫作北川的土地，这个叫作云朵上的民族。

2

手的拼叠，脚的攀登。

高低有致，掩映成趣。如挺拔的竹笋不断地生长在这片古老的土地上，成为大山深处聚集的部落。

那些视线被挑亮成惊叹！

是雕塑。是艺术。是历史。

智慧和汗水的庞大结晶，力与美的颂诗。

那些朗读的声音，铿锵有力，像一只船在透明的玻璃上行走，顺流而下或逆水而上，沿途的风景收藏一个民族不屈不挠的脚印。

家，就在母亲最柔软的地方生长出坚硬，

在白昼和黑夜里遮风挡雨。

它是家，是一幢幢挺拔的羌碉楼群。

它不倒。

即使轰然倒下，又坚强地站立！

它是碉楼群？

不。

它是民族的脊梁！

3

那些羊群，一如棉朵，从远方赶来，蹄印盖在草叶的露珠上傍晚的晚霞中。

疲倦或不知疲倦，就撒播在青山之间。

那些战乱的追逐那些瘟疫的驱赶，背井离乡。

牵挂。跋涉。

随遇而安之后是一种顽强和淡定。

与羊相伴，放牧的鞭子，花开花谢，相依为命，温暖如棉，衣食父母般敬仰，温热的泪水，喷涌的感动，羊角的圣洁和简洁张挂在古老而年轻的心壁。

图腾。一种生命的积淀。

那些经典的故事在穿越历史的长河。

一代又一代的接力。那些力量和温顺在不间断地植入骨髓。

遥远或咫尺，祭坛或神坛。那些应有的高度被粗壮或温柔或苍老或稚嫩的臂膀虔诚地托举。

一个家庭又一个家庭，一个家族又一个家族。

聚集或分离。

静默于心或喜形于色。

那些过程张贴在阳光照耀的门楣。

4

一只鸟从绿色的树枝上腾空而起。它的影子，上升成慌乱的尖叫……

一群又一群扑楞楞的尖叫。

翅膀覆盖着尘灰，扇动的力量被一种绝望驱赶。

天空渐渐暗下来，就像夜提前抵达没有任何准备的黄昏。

预测到将发生什么或不知道发生了什么。

俯瞰的视线把往日的记忆拍打得遍体鳞伤。

王家岩和景家山的瞬间垮塌把那一片平缓的坡状山谷上长势良好的挺拔楼群掩埋了，把湔江流淌的清亮的U字挤变形了。那些庞大或密集的树们被连根拔起，从一个地方滑坡到另一个地方。绿色的躯干或手臂在大面积的恐怖之中风干成接连不断的废墟中挺立的标本。

曲山镇被扭曲了！扭曲成视线下的惨不忍睹。

鸟在逃离之中迫不及待地思考。

哪里？是今夜歇脚的家园。

一串泪的跌落砸成埋葬自己影子的深坑。

5

我不能离开，我要冲上去。

我有一双鹰的翅膀。

我要飞翔，向着信念指引的方向。

哪怕流云要锯割掉我的四肢，哪怕惊雷要劈开我的身体，哪怕闪电要洞穿我的头颅，哪怕冰雹要砸伤我的脊背……

这里需要我，我要冲上去。

把那些垮塌的重物搬开，把那些压榨在教学楼底层的呼喊和哭声拯救出来，一只手通过洞穴传递的温暖和力量已经超越教科书堆积的高度。

面临伤亡的危险，我要冲上去。

退缩不属于我雄性的脚步，大地剧烈的摇晃让我的脚力更加坚实，踏着残垣断壁，从来没有经历过的震惊与震撼撕扯着我的视线和神经。

这是阵地，坚守是一种信念和希望。

我不是纯粹的英雄。

我是一株挺拔的纯种植物。

6

那一张地图被撕裂了，被雨水浸泡之后。

熟悉的街道被撕裂了，被泪水浸泡之后。

世界悬挂在悲伤之中，你悬挂在世界之外。

蛇的游走。

剖开的干鱼，肉身上密集的鱼骨和锋利的刺。

风雨如晦。

腐朽悬挂成神奇的遗址。

生动的家园遗失在一只猫的眼里，一只白色的雌性的猫。

无神的猫眼，窜来窜去，犹如主人逃离时慌乱的脚步。

流浪是一种经历，习惯成为过去，期待一个明媚的下午有阳光透过云层的爱抚。

收养是寄托生命的一种方式。

7

手牵着手。

心连着心。

那么多有力的大手，武警官兵的特警的部队的志愿者的还有父亲或母亲的或亲朋好友或老师同学的，还有钢钎的绳索的吊车的挖掘机的……

用力再用力。

轻点再轻点。

一息尚存的生命坚守着，坚守到被刨出来还尚存一息或直到最后一息。

那种激动或悲恸只有泪水冲破决堤的眼眶，那种表达只有对无数双热情和温暖的手肃然起敬。

8

同伴昏迷了过去，我刚醒来。

大地震剧烈的摇晃，大礼堂剧烈的摇晃把一个节日即将上场的表演瞬间中断。

厚重的天花板，座椅下的胆怯被压缩到了极限。

我的呼喊在狭窄的空间里被吸得一干二净，惊慌逃离的人们鱼贯而出。

仍有一个急促的声音从缝隙外鱼贯而入："还有人吗？还有人吗？还有人吗？"

橄榄绿的裤腿从我低矮的视线中一闪而来又一晃而去。

一晃而去又一闪而来。

急中生智。

从缝隙中挤出的手指瞬间抓住一线生机。

血淋淋的手指。

灰扑扑的橄榄绿。

被压榨的两个年轻的生命被一抹绿的亮色拯救。

绝处逢生的那一抹绿。

生命中永恒的那一抹绿。

9

山崩地裂。

那种力量来自天外，来自地心。

满目疮痍。

那些痛，一柄尖刀，直捅内心。

黑暗之中。空气混浊。

那些重压撕心裂肺。谁能打开一个缺口，打开一点亮光，打开一只牵手的距离。

静一般的死寂。

那些余震的摇动触手可及。

肋骨的支撑。

岌岌可危。

那些思念辗转反侧，遍体鳞伤。

一只手的力量，一双手的力量，伸过来——我在夹缝中找到了生存的方向。

10

这是震后一个响亮的声音。

夹杂在腾起的尘灰中，穿透过倒塌的房屋缝隙，追赶着惊慌失措的人群。

"我是穿制服的，我代表政府！"

一束亮光打在六神无主的眸子，那些慌乱的脚步和眼神渐渐地镇静下来。

在擂鼓镇的一家个体诊所旁搭建起临时救护点，浸血的绷带忙碌地包扎着殷红的伤口，砍来树枝和竹子撑起一个又一个生命的吊瓶，慌张的人流在这里汇集成临时的安全孤岛。

从这里出发，呻吟撕扯接力的神经。

从这里出发，安慰的话语流入耳门。

从这里出发，转移出去生命的希冀。

我用坚强的背膀一次又一次背起沉重的疼痛，头颅与头颅轻靠在一起，喘息与喘息陌生地交流；还有，一丝喘息之后就渐渐地停止了呼吸……我用坚定的意志和信念驱赶着死神到来的脚步，我的脚步稳稳地走在仍在摇晃的大地。

11

从北川以外，从绵阳以外，从四川以外，从中国以外，来自四面八方，来自五洲四海……那些温热的话语，深情的呼唤，那些吉祥的飞鸟，美丽的云朵君临头顶。

飞机、火车、船只、汽车、肩挑背扛……

历历在目。

方便面、矿泉水、大米、蔬菜、食用油、肉食品……锅碗瓢盆、洗漱用具、衣服、鞋袜、被褥、帐篷、彩条布……

源源不断。

一条生命通道，无数条生命通道。

那些被堵死的血脉在蠕动回生，那渐趋有力的搏动是心脏的复苏。

一日三餐的温饱，席地而卧的夜宿。

那些担惊受怕的日子陆续搬进那一排排白壁蓝顶的板房，那惨白的月色流进黑夜中的小河哗哗哭泣，那一粒粒眨着眼睛消逝的星子在梦的天空抖落一阵惊厥。

在集中安置区搭建起的应急市场的生活必需品在回归生动的情节和往日的温度，那些中断的交易在清晨和白昼重新上演着维持生命的热量传递，一缕炊烟或许飘散些许啜泣与哀鸣，或许升腾一串关照黎明到来的透明镜子。

白日的忙碌掠过平静，黑夜的悲伤直抵心灵。一只夜莺对另一只夜莺的心理抚慰栖于高处寒枝。

那些带血的扎入骨头和内心的伤口难以愈合，时间的推移让黑色的结痂一层一层剥蚀。只有风一如既往地吹过河水新鲜的皮肤，夹杂在经历交集的思绪里，日子如光滑的水波在翻动一页又一页。

12

难熬黑夜。

那些明亮的星星和皎洁的月光被煮在黑色的中药陶罐里。

溢出金黄的泡沫填满狭窄的胸腔。

思念的苦楚包裹在夜色里。

泪挂在腮边或已濡湿低枕。

宁静像一把锋利的刀把身边往日的气息切割得一干二净。

那些回忆伤痕累累越陷越深。

黑夜呼唤着黎明。

悄悄地坐起来，抚摸梦中你那熟悉的模样，如同轻触早晨的第一抹霞光。

真的好想你。

而你远离我的视线已有好多小时好多天以致还要好多月好多年吗？

你走得是那样的匆忙好像随身只带着你的手机我想起来了。

让我发个牵挂和温暖的短信给你吧!

通往天堂,一路也设置得有连续不断的基站。

13

一个洪亮的声音覆盖着厚厚的尘土和坚硬的预制板,战战兢兢牵引着我从废墟里艰难地爬出来,像一条冬眠的蛇迫不及待地逃离黑暗之后,只得深一脚浅一脚地随着撤离的人流迈着机械的步子离开生养我的故土……泪眼模糊,远远地看见父母一生的影子,此时此刻被挤压得疼痛难忍的扁平的影子。

在失去亲人刀割般的巨痛之中,我的家轰然倒塌。

那些遥远和近在咫尺的问候小心翼翼,就像涓涓的流水触碰一棵孱弱的水草,一节一节的柔情抵达帐篷孤独的内心。

那是持续不断的幻象:

真的还有另一个世界的话,

地下还有一个北川。

因为有太多的人不在了,

他们就在那里生活吧。

我的父母在那里生活,开一爿副食店,维持一家的生计。

我仍坚守着既定的岗位,悲伤着他们的悲伤,疗养着自己的悲伤,安慰着他们,坚强着自己。软语如风,掠过钟声,贴在时间的伤口等待着结痂和愈合。

夜,长时间睡不着。

母亲的期盼撞击着曾经躲躲闪闪的心扉："找个好的人家嫁了，早日成个家！"

14

那是山崩地裂之后淤塞起的高高堤坝。

悬在嗓子眼的堤坝。一吞口水瞬间就要从喉结处垮塌。

河水漫上来，洪水漫上来，大雨在梦中滂沱。

那些慌乱的脚步拾级而走，裸的肩背，雨意的披风飘成一道冷风景。

更多的脚步在慌乱地撤离，附近的高山哪里是庇护之所？

或许又要山崩地裂，我悬在头顶的唐家山堰塞湖。

家园，今夜你的出路在哪里？

雷电撕裂山河和天空的影子，炽烈的光带在一片又一片焦土和恐惧游移的瞳仁里燃烧。

雷电撕裂山河和天空的影子，炽烈的光带映照之下，一队又一队的人马在艰难地跋涉。

更多的脚步在匆忙地撤离，远处的高地忙碌的人们已搭建起遮风挡雨的庇护之所。

家园，今夜你的出路在脚步抵达的地方。

15

那一天，同时祭奠那么多亲人。

父母、丈夫、妻子、儿女、兄弟姊妹、同事朋友……

把悲伤饱含在泪水里让它在脸颊上滚落成断线的思念的珠子。

那些往事，涌上心头。

雪，下个不停。

洁白的符号飘曳着点点滴滴的冰冷，拥挤或者孤单埋葬于深深的地层浅浅的楼层。

那些疼痛，植入骨髓。

雪，铺天盖地。

站立或跪成雪地里麻木的姿势。

鞠躬成一片雪的飘落、又一片雪的飘落……

厚厚的雪被能给安息者一点点抵达另一个世界的温暖吧？

点一炷香，燃一叠纸，放一挂炮，献一簇菊……那些思念，

绵延不绝。

雪，美丽凄楚。

雪地里一只脚印与另一只脚印紧紧相随，亲密对话。

逝者与生者。

相距远或近。

一只脚印丈量着另一只脚印的距离。

16

一张旧了的黑白照片。

一沓明亮的彩色照片。

那些岁月被深深地埋葬。

那些轰隆隆的挖掘机、起重机刨不出来的记忆。

支离破碎。

泪水和雨水的滂沱，冲洗不出一张清晰的底片。

那些光盘和主机储存的珍贵影像已被压榨成肉泥。

我到哪里去找寻童年的回忆、同学的欢聚、婚纱的笑靥、家人的欢欣、工作的记录……

我要把亲人的影像刨出来，在黄昏的时候在夜深人静的时候在孤独的时候在飘雨或飘雪的那个下午。

一杯茶的温度，一杯奶的清香，一盆热气腾腾猪脚炖萝卜的鲜汤刚刚盛进一只漂亮的青花瓷的碗中。

你从云朵中飘曳而来，那思念的清泪里不停地印刷着你往昔的身影，熟悉的对话激起渝江的流水和浪花的声音储存在岸边绿了又黄黄了又绿的叶脉中。

耳的静听。

影子的孤独与永远的珍藏。

17

预言还是风水还是巫术。

岁月的长河没有浮出水面的暗示，或许，一些有价值的密码写在浪花或泡沫之上悄然地流走。

这是共和国版图上的一个点，地震带上的一个点。

是谁的手一点，一座县城被历史错落于青山绿水之间。

这是一个美丽的错误，美丽在蒙蔽人类曾经蒙昧的眼睛。

科学的论证是时间的积累，谎言或真理，辨驳与批驳。

美丽的错误需要改写。人类不仅需要科学的精神、胆识和魄力，或者还需要摆脱捉襟见肘的财力？

那种被包饺子，是被煮沸的疼痛。

人类在灾难中付出代价。

"人类的进步总是在灾难中加倍得到补偿"。

人类更应该在科学的决断和预防灾难中得到加倍的补偿。

预言是人类思维华丽的外衣。人类在预言之中或许应该找到顺应自然的价值判断。

美丽的错误需要历史来改写。

是谁轻轻一点，新的定位牵动着世界和中南海的目光。

"再造一个新北川！"

在另一个青山绿水之间。

18

那些砖，那些水泥，那些河沙，那些钢筋，那些搅拌机，那些高高低低的脚手架和塔吊，那些洞穿物质与精神的门窗开了又关了关了又开了，只有流动而新鲜的空气依然如故。

那是海的气息，那是豪爽的气魄，那是过人的胆略，那是山的厚重，那是水的深情，那是东西合壁在这片古老而神奇的土地上激情的演绎，一条河流与另一条河流在静静地汇成一条更大的河流。

来自齐鲁大地的人们在这片深情的土地上忙碌地奔走，那些疲惫的影子在重重叠叠的图纸中爬上爬下，那是风的搅拌，那是云的垒砌，那是雨的浇铸，那是阳光描绘的色彩……

在原址重建，在异地重建，在加固维修。那是一块又一块贫瘠或富饶的土地。在安昌、在擂鼓、在陈家坝、在禹里，在平地、在山坳、在河畔、在沟谷、在坡梁，那些关于家的信念的种子在艰难地选址，出类拔萃的希望在来自四面八方的目光中萌动而生长。

那些生长的过程和高度牵挂着我职业的神经。那些源源不断的建筑材料以不同的流通方式走向血脉畅通的大道小道弯道直道山道水道坡道平道，在存放的区域、销售的网点、建设的工地……我的视线越过阳光下树的阴影，打量着它的来龙去脉，检测着它内在的本质。

我把那些真实的结果张贴在春天的早晨，把那些秋天的收获珍藏在高耸云端的碉楼、错落有致的羌寨、耳目一新的城镇、翠竹掩映的村舍。

19

幸福被打破了！

那只巨大精致的青花瓷瓶，四分五裂，散落成一地利刃。

鱼的尖叫，

叶子的尖叫，

手指的尖叫，从遥远的地心挤压出刺破云霄的毛骨悚然。

心脏被无情地割开鲜红的口子，汩汩流淌的血液，

沙漏尽生命的最后一滴。

大地死了，收尸布裹满茫茫无边的夜色。

雨，那些密密麻麻透心凉的雨妄图冲刷掉瞬间给人类带来的巨大罪恶。

人类自身需要背负痛苦坚强地前行，那是收敛好最亲的人的尸体或不能见上亲人最后一面的隐忍或哭天抢地。

泪水雨水的滂沱考验心灵的大堤和蜿蜒的长城。

用大型的机械和智慧的双手收拾破碎的残片，带着原始的材料、反思的元素和综合的国力与精神的积淀。

选择更加坚实的窑址烧制一件具有现实意义和深远历史意义的作品。

来自北方南方东方西方与本土的窑工在这片热土喷涌着朝霞的激情播撒着月光的柔情。

3000度的融点，1095个日日夜夜……

北川，诞生成共和国的一件让世人瞩目的至宝。

20

地震之前，母亲于"5·12"当天上午意外地从北川县城离开，回到乡下通口老家。地震之时，父亲从不停地摇落瓦片的穿斗式老房子跑出，来到了院坝。地震之中，妻子被滑坡和垮塌的校舍巨大的气浪推出操场，带着伤痛挥泪撤离，往日的校园仅剩废墟中挺立的国旗和没

有倒下的篮球架。地震之后，我苏醒过来从深埋在办公楼下的缝隙中与同事一道爬出。随身的手机收到的第一条短信是来自成都的女儿遥远而焦急的牵挂。

牵挂着亲人和同事。

我在办公楼和宿舍楼的废墟旁深切地呼喊着他们的名字，这些耳熟能详的名字和身影从我的视线中坠落，埋藏在断壁残垣之中。

时光流逝。我一句又一句的声嘶力竭渴望搭成他们从地狱攀爬上来梦的梯子。

往日的脚步还能在垮塌的走廊上响起？

时光流逝。活着和受伤的人们向着茶厂聚集，往哪里有一处大家暂时的栖生之所？或许，开阔的任家坪有高高地飘动着的一朵祥云。

艰难的跋涉，我是一只受伤的领头大雁。

让每一个人坚定信念，走出去，把余震和裂缝踩在脚下，从巨大的乱石背后绕过去，从往日山洪冲刷出的沟壑爬上去，把生的希望高高地举过头顶。

之后，再之后。

在乡下老家有一次大家庭亲人的团聚，度尽劫难，完整无缺的亲情是我莫大的欣慰。而作为局长，他们的二哥，另一个大家庭的亲人，单位的13名同事，却永远地长眠于斯。悲戚掠过于心，在地震遗址，在"5·12"忌日，在清明时节雨纷纷的日子，在交谈中或许就提到他们的名字，在孤灯下漫不经心地翻阅物件或许就映出他们的身影……

我在绵阳，父母在北川，父母在北川是工商人。

"5·12"，这个揪心的日子，这个我揪心着父母的日子。

我立即从学校出发，从爷爷婆婆的出租屋出发，我与爷爷深一脚浅一脚地奔赴父母的生死未卜。

沿途的景象惨不忍睹，泪水在眼圈里打转，泪水滋养着我的执着和爷爷的坚强。

黑夜来袭，雨水来袭，冷风来袭，无论是踏过坎坷，还是绕过山梁，我们被阻挡在一道又一道武警设置的警戒线之外。

"只出不进！"眼泪再也止不住流在警戒线之外。

父母从楼层中跑了出来？从废墟里爬了出来？被救援车运送了出来？沿着震裂的滑坡道路走了出来？

我的呼喊被黑色的天空和陷落的大地吸得一干二净。

我发疯似的到医院寻找，到救助点寻找，到临时帐篷里寻找，到聚居点寻找……向熟悉和不熟悉的人们打听哪怕是游丝一般关于我父母的细小消息。

父母的下落，教科书上关于大海捞针被我的奔走诠释得切肤之痛和滴血之殇。

我再也不能见到父母的影子和音容笑貌，从前的相处和相爱成为脑海里不断闪现的深刻记忆。

孤独的我被来自四面八方的爱飞送到青岛再到日照实验学校后又到

成都棠湖中学。

　　似曾相识的环境和陌生的老师同学在把我巨大的痛苦像一把创口上的盐稀释在温暖的湖里。

　　阳光、雨露、教室。

　　白昼、黑夜、寝室。

　　我的忧伤被一只走在沙漠与绿洲的疲惫骆驼驮来又驮走，驮走又驮来……我阅读着课本的一页又一页，我温习着父母的一页又一页，我温习着父母从小到大呼唤着我的名字：帆帆，帆帆……

22

　　释比，释比。

　　景仰的法杖把那些游离的目光聚拢成一束光的力量。

　　庄严，神圣。

　　那些蹀步来自远古，跫音穿过更多的道路，那些石板、泥土铺成的道路，那些木板、水泥铺成的道路，那些祖祖辈辈的脊背铺成的道路……

　　陡峭、平坦、笔直、蜿蜒。

　　来路与去路，

　　装订成一册又一册厚重的历史。

　　幸福的热泪、痛苦的悲泪浸湿编联的竹简，泛黄的纸页……

　　释比，释比。

　　景仰的法杖引领着敲响的羊皮鼓、青翠的松柏枝和嘹亮的号角。

那些敲打皮鼓的精壮汉子，从挺拔身躯宽阔的胸膛里挤出的阵阵低吼，一种力量的释放，一种自如的挥洒，在热烈的空气和激情的人群中唤起心灵的共鸣。

那些跳着"沙朗"的漂亮女子，穿着惊艳的服饰，舞动婀娜的身姿，一种唯美的张扬，一种柔情的播撒，那些追逐或放逐的眼神悬浮成碉楼之上的皎洁月光。

少女与童男把虔诚举过心的高度。

圣果。白石。祭祀台。

擂响的鼓声，熊熊的火焰，松柏枝的呐喊…邪魔被驱赶往遥远不归路上的沼泽。

阴谋在不能自拔中埋葬。

黎明启程。

嘴唇与咂酒的亲近。

篝火与霞光的接力。

夏日的荷在冬的残枝上重生。

23

舞蹈，跳动起来！

那些裙裾被一双双巧手缝合起来。

那些伤口被一双双巧手缝合起来。

编织你，用来自四面八方的经线和纬线。

挥动的手臂，举起灯光，牵引目光，撩拨心思，那些故事或曾经遗忘的情节在羊肠小道像回家的羊队撒欢，那是晚霞熨贴在洁白的羊背之上。

顾盼的眼神，扭动的腰身，踢踏的脚步，那些表达走过千山万水，沐浴雨雪风霜，开成漩涡中的浪花、杜鹃的花瓣和树上鸟啼的声音。

用心跳和着歌声的节拍。

用篝火点燃婀娜的舞姿。

用脸庞辉映明亮的月光。

24

那一排排门店，那一幢幢厂房，那熙来攘往的商场和市场。

在曲山、在擂鼓、在陈家坝、在桂溪、在通口、在禹里、在小坝、在坝底……瞬间垮塌。

来得及或来不及跑出来。

那些井然有序的物件被打翻在地，重压之下，不能翻身，挣扎着，再也坐不起来。

那些费尽心血的资产和长年累月的果实被深埋其中，死亡的墓穴铺天盖地，地狱之门轰然闭合，谁能在黑暗中找到透气的出口？

那些遗物注定成为遗址的一部分。

物质的废弃，精神的枷锁，失落的家园。

汪洋中的一条船还要等待多久才能把载重的叹息渡过。

昨夜属于哭泣，今晨擦干眼泪。栖身之所，谋生之地。那一道道卷帘门拉开沿街的晨曦，白色墙壁悬挂的营业执照是手工填写还是喷墨打印，一张笑脸颁发的是扫走一片愁云的力量。

一条生命的河流在另一方开阔的地域重复着迂回的日子，透明的水滴折射着青草的味道，那些打碎的时光被无数双手拼接起来，飞动的音符和云朵，粘贴为一首接着一首传唱的民歌。

散文诗：触点与灵感的行走或跳跃

这是风的行走，是雨的行走，是阳光的行走，是影子的行走，是月光的行走，是雷电的行走，是雪花的行走，是河流的行走，是云雾的行走，是画笔的行走……

这是散文诗人的行走。

这是舞者的跳跃，是飞鸟的跳跃，是游鱼的跳跃，是潮水的跳跃，是浪花的跳跃，是麋鹿的跳跃，是琴键或琴弦手指下音符的跳跃，是血脉或心脏的跳跃，是梦的跳跃……

这是散文诗人的跳跃。

那是父亲的背影，是母亲的皱纹，是妻子的笑靥，是儿女的声音，是亲朋的念想，是故人的牵挂，是古人的回望，是劳者的有形，是行者的无疆，是娱者的为乐，是痛者的如泣……

那是散文诗人的触点。

那是大海中的礁石或航船，是土地上的稻穗或麦粒，是市集里的刀币或陶罐，是原野上的树木或花草，是动静中的马匹或牛羊，是仰望苍穹的星空或俯瞰城市的灯火，那是面对历史的沉思或存于现实的表达……

那是散文诗人的灵感。

触景生情，或在想象之中。

灵机一动，或在梦幻之间。

睹物思人，或在诗意之上。

散文诗——触点与灵感的行走或跳跃。

读到第一部散文诗集，在我的记忆中已有三十多年的历史。那是在龙门镇炮台街一供销社门市外一个销售书摊上，跃入我眼帘的是一本装帧精致的儿童散文诗选——《竹叶上的珍珠》。封面的右上方那大大的三分之二圆形的黄色块，就像一颗膨大的水晶球，而在黄色块中有用白色随意画出的两三支古拙的树的枝干，又像是写意的月光下的两三枚摇曳的竹叶；封面的左边是半圆形的红色块，一支白色的笔触由下至上由粗至细在血红的画面上穿刺而过，另两支笔触一断一续，呈现为自下而上的勾连，显得简洁干练或浸出一种疼痛，一黄一红像两个气球升挂在天空；在两个球体之间，感觉是两只写意的黑色的燕子，三剪燕尾翘向天空像三朵跳跃的火苗，那种自由自在飞翔在丛林之中，仿佛耳畔可以听到翅膀拍打空气的流动……绿色的"竹叶上的珍珠"六个字体横排在封面的右下方，一本诗意的书轻轻地打开了我认识和热爱散文诗的大门。这本由马汉彦编著，甘武炎封面设计，广西人民出版社出版，献给少年读者的散文诗选本，迟到又幸运地献给了已是19岁青年的我。我在这里读到了柯蓝的《早霞短笛》，郭风的《竹叶上的珍珠》；重读到了鲁迅的《雪》、朱自清的《春》，读到了郭沫若的《山茶花》，巴金的《日》《月》；更新奇的是认识了一些从未谋面的老外：我听屠格涅夫声情并茂地讲述着《东方的传说》，看他在花园里放走具有爱的冲动和力量的《麻雀》；我看见惠特曼《黑夜中在海滩上》唱着动人的《自己之歌》；在《海边》，泰戈尔种下的《金色花》和《榕树》在快乐地生长；列那尔在与《萤火虫》《翠鸟》《天鹅》《蝴蝶》嬉戏；在普里什文《大地的眼睛》里，看到的是茂盛的《枞树和橡树》，而在纪伯伦幽静的花园里，却生长着《虚荣的紫罗兰》……

1984年，我模仿着泰戈尔的《海边》等篇什，试着写，将写下的《塔》作为习作寄给了本人正在参加学习的全国文学创作函授协调中心嘉陵江分中心（该协调中心于1984年9月在上海成立，聘请丁玲、巴金等担任顾问，《嘉陵江》文学创作函授分中心是首届全国17个成员之一）。没想到竟在嘉陵江分中心编发的1985年《写作园地》第3期上发表了，还附有杨正业老师的一篇简短的点评。

塔

弹子像一颗颗珍珠，棋盘像一畦畦田垄。一个可爱、天真的孩子用五光十色的弹子在五彩的棋盘上垒砌着，他在建造他心目中的塔。

一颗，两颗……孩子搁得是那样轻。

一层，两层……孩子砌得是那样稳。

从窗外透进的阳光，抚摸着孩子红扑扑的脸蛋，也照耀着金灿灿的塔身。

当孩子将最后一颗弹子搁在塔尖上的时候，他高兴地拍着小手喊了起来：

"妈妈，我造塔了，我造的是珍珠塔。"

年轻的妈妈走过来搂着孩子亲吻着，亲吻着。她微笑地凝视着塔，颗颗弹子映在她那清澈的眸子，顿时燃起了她的心灵之火。

于是，妈妈给孩子讲起了美丽而又动人的塔的故事：嘉陵江边的白塔，延河岸边的宝塔……

孩子再一次凝视着五彩的塔，眸子里融进了幻想，憧憬，还有美好的希冀。

杨正业老师对《塔》进行了点评（刊于该文之后）：用弹子垒塔，是儿童生活中的寻常事。寻常事，经作者信手拈来，顺笔写来，就显示出不寻常的意义，足见作者捕捉题材的闪光，思考生活的意义，敏感而识断。

构思自然，巧妙，不露痕迹。读前几节，作者好象毫不经意地随便地给我们讲一件小故事；到了末尾，才觉得塔的形象留给人们的想象空间大，内涵多。

语言朴实，没有堆砌，没有矫揉造作，思想的光芒，从不起眼的文字里闪射出来。

这章稚嫩的习作的发表和得到的点评，无疑，点燃了我心中热爱散文诗的火炬。

1985年，在贵州人民出版社的《幼芽》杂志第6期上，发表了《打水漂》（外一章）。

打水漂

溪水弹奏着古琴，清澈的水潭像一颗硕大的蓝宝石，又像一口铺满荷叶的荷塘。牛儿在塘边的草坪上吃草，晚归的牧童寻找着扁平的鹅卵石，在潭边打水漂。

一朵朵睡莲在石子与水面的撞击下盛开，显得那样洁白；水潭——这张巨大的唱片，播放着叮咚叮咚的乐曲，她比溪水演奏得更加悦耳、动人；漾起的圈圈涟漪，像音波一样向四周扩散……孩子们顿觉耳目一新。

孩子们有趣地比赛着，并且数着一、二、三……看谁得冠军。

一朵水花消失了，又一朵水花盛开了，孩子们在追求着瞬间的美。

捡蝉蜕

山村的早晨，空气清新。

一位小姑娘来到树林里。昨天，蝉留下的"知了"声音，还在她的耳畔萦绕。她在寻找，寻找着那逝去的声音，寻找着童年的欢乐。

蝉蜕，就像一尊尊玲珑剔透的雕塑，挂在枝头，嵌在树叶间……她撷取着，撷取着一个个被露水打湿的梦。阳光透过森林，用它那彩色的光圈，摄下了一组组美丽的镜头。

小姑娘认真地将蝉蜕连成串，就像一串精巧的项链，她提着大自然的早晨馈赠给她的礼物，脸上露出笑容，朝药材收购站走去。

望着篮子里那些薄薄的、透明的蝉蜕，她想起了药材收购的通知，想起了外婆上次生病，医生开的中药方里就有蝉蜕，她的心里萌动着一种愿望……

想着这些，小姑娘在收获的早晨笑了，她笑得那样甜蜜。

当年，也还发表有：

竹木市

一根根木料，竖起来了，像船的桅杆，擎着一片蓝天……

一捆捆竹子，堆起来了，像一座座青翠的小山……

竹木市，你这昔日冷落的地方，如今被贩运户唤醒，显示出勃勃生机。

木料——大山的女儿。去学校，便是舒适的桌椅；去家庭，便是新颖的家具；去江河，便是负重的舟楫……

竹子——木料的姊妹。去农家，便是萝筐、粮囤；去城市，便是精致的工艺品。

江边，又运到一个个木筏、竹筏，给市场注入新鲜的血液。

我走在竹木市，就像穿行在林海。我好像一尾好奇的游鱼，追寻着浪花，寻着这生活的真谛。

（发表于 1985 年 4 月 16 日《四川市场管理报》）

市管费票

这是一沓彩色的记忆。

呵，红黄绿……五彩缤纷。

在繁荣的集市，我收取着市场管理费。

彩色的票上，不仅有票额的多少，还记录着纳费者积极的行动，舒心的笑脸；当然，也有悭吝的表情、言辞……

啊，这又是一幅彩色的规划图：

取之于市场，用之于市场。

看，那新建的一幢幢集市，不也五彩缤纷吗？

（发表于 1985 年 10 月 1 日《四川市场管理报》）

　　这些都是我早期发表的部分稚嫩之作。后来，我读到了泰戈尔的《飞鸟集》《新月集》《园丁集》《吉檀迦利》；普里什文《大自然的日历》《林中水滴》《大地的眼睛》；波德莱尔的《恶之花》《巴黎的忧郁》；纪伯伦的《先知》《沙与沫》；惠特曼的《草叶集》……波德莱尔是散文诗的最初创造者之一。他说过："当我们人类野心滋长的时候，谁没有梦想到那散文诗的神秘——声律和谐，而没有节奏，那立意的精辟辞章的跌宕，足以应付那心灵的情绪、思想的起伏和知觉的变幻。"他还说："散文诗这种形式，足以适应灵魂的抒情性的动荡、梦幻的波动和意识的惊跳。"

　　1991年5月，有散文诗佳句收入邹岳汉主编的《散文诗锦句3000》（咏物感怀篇）。1994年1月，我的《鸟音一束》——《隔叶黄鹂》《塞云雀》《画眉》《梦中相思鸟》散文诗四章，收入由丁一、刘阳主编的"跨世纪散文诗丛"——《当代爱情散文诗》选集。我的散文诗《秋日独语》（三章）发表于《星星》诗刊1996年第5期。2004年，编著出版了散文和诗歌选集《回忆，是一只醒着的鱼》，收入了本人的散文诗《菊香盈路》《门》等。2009年，《岁月的痕迹》散文诗组章，参加中外散文诗学会、四川省散文诗学会、《散文诗世界》等四家单位联合举办的"祖国杯"散文诗征文大奖赛，荣获优秀奖，并应邀参加了于当年10月举行的颁奖大会。我的散文诗得到中外散文诗学会主席海梦老师、《散文诗世界》杂志宓月主编的关注，在该刊2011年第3期发表了《蹒跚的雪》（四章）。2013年，得到达州《大巴山诗刊》常务副主编、诗人龙克（龚兢业）的关注，在该刊2013夏季号发表《松果》等散文诗7章；2014年6月，得到《攀枝花文化》主编潘基安、副主编、作家普光泉的关注，在该刊发表散文诗《夜行火车》（外六章）。2015年6月，得到四川省作家协会副主席、《万卷楼》杂志主编李一清、副主编李诚的关注，在该刊发表《下午的阳光临窗而来》等散文诗8章。

对散文诗，我写得不多，但没有间断过对它更多的阅读。从1984年成立中国散文诗学会，品读诗坛泰斗艾青的题词："让诗和散文携手，进入散文诗的天国"，到阅读创刊的《散文诗报》，到邹岳汉主编的《散文诗》、到海梦老师主编的《散文诗世界》、到白航、叶延滨、杨牧、梁平、龚学敏主编的《星星》诗刊（《诗歌原创》《散文诗》《诗歌理论》）等。从《黎明散文诗丛》，到《散文诗写作讲稿》和《当代散文诗创作论》，从2000年以来的《中国年度最佳散文诗》，到2002年以来的《中国散文诗精选》，我熟悉了更多散文诗人的名字和他们的作品。郭风、柯蓝、耿林莽、海梦、邹岳汉、王尔碑、李耕、许淇、刘湛秋、刘虔、王宗仁、唐大同、徐成淼、桂新华、灵焚、周庆荣、方文竹、亚楠、天涯、宓月、曹雷（我高中所在学校的老师）……2010年，我到北京出差时，在王府井新华书店，还购买到了王幅明主编的《中国散文诗90年》，读到了我国散文诗诞生以来90年间的精品力作。2018年3月27日中午，我去槐树街四川文艺出版社时，朱兰编辑又送给我厚厚的一本由海梦老师担任总策划的《中国散文诗百年经典》。当然，也读一些古今中外的诗歌、散文，以及小说、报告文学、文学评论和文化类等书籍。

王幅明先生曾用"美丽的混血儿"来贴切地形容散文诗这种独特的文体。散文诗是诗与散文结合后诞生的新的生命个体，它流淌着父亲和母亲的骨血，它既有父亲和母亲的内在特质，又有父亲和母亲的外表（貌）特征。也即是说它既有诗和散文内在的特质，又有诗和散文的外表（貌）特征（而不是指散文的外衣），诗与散文结合的散文诗，也就是父母结合之后的儿女，骨子里（性格）和外貌或多或少都有父母的影子，也就是或多或少都必须有诗和散文的影子，但这个只是影子，或者说是像父母，但他（她）已有他（她）自己特点和外貌，他（她）是具有独立意义上的人（血型、DNA、外貌，缺一不可），无论他（她）的个性特点和外貌像父亲或母亲多一点或少一点。也就是说散文诗无论是诗的特质特征元素或散文的特质特征元素多一点或少一点，它必须具有诗和散文的特质特征元素，无论散文诗是更多地偏向于诗或更多地偏向于散文，或恰到好处，那是作者、作家赋予它的个性，应该都可以写出优秀的作品。"放弃象征与修辞，我只想沉迷于一场恰到好处的叙述。"（卜寸丹）"较之于诗，散文诗更钟爱于叙述。关键在于是否恰到好处。"（龙彼德）"我想，散文诗终将形成其既非诗又非散文的独特文体形态。"（耿林莽）"我认为：散文诗既不是散文，也不是诗，更不是从属于散文或诗歌的附庸。它是与诗歌、小说、散文、评论并列的一种独立文体，并且将长久发展下去，越来越好！"（刘海潮）散文诗就是散文诗，它不是诗，也不是散文。散文诗要对得起它这个属于自己的称呼。或者说，散文诗是聚光灯下优美的双人舞蹈，跳荡的思绪和意蕴是诗的内核，举手投足的舞姿是散文的形象，沐浴着流动的音乐，那种心灵的片断和不间断凝固的美的瞬间融为一体，散文诗人身在其中。

散文诗，是我内心的情感雨滴。那种雨滴油然而生，油然而生是因为有雨意的云朵，云朵的飘动，积聚的水珠；那种雨滴美丽动人，雨滴的情态或密如丝或稀如星或急如箭或缓如蚕或猛若浪或柔若棉；那种雨滴美妙若音，是打在屋檐之上，是敲在绿的芭蕉，是润泽茁壮的禾苗，是浇灌青翠的树林，是跌入江河湖海，是浸进草叶沙洲；那种雨滴近在咫尺或远在天涯，高山狭谷、平原丘陵、草原荒漠、城市乡村，那种不同地域的雨，深深地扎根在春夏秋冬的某一个白天或黑夜；那种雨滴牵扯着自己的心境或者不经意轻触读者的心灵，人间的七情六欲在季节的河流中是潺缓而行波浪不惊还是静水深流景象纷呈还是恣意泛滥漫岸而去决堤若奔……

法国马拉美《孤独》中有这样一段话："文学的存在是一种真实存在以外的存在，它出现在某种实在的清醒之时，和世界发生于某些契合和意义之中……"我的散文诗世界，总有那些人、物、事、梦等在碰触我的眼、耳、鼻、舌、身、意……在碰触我内心深处的某一根神经，而引起共鸣的震颤。与马拉美的清醒之时、契合之中比较接近。这往往也称之为我散文诗的触点。它不是空穴来风，也不仅仅是触景生情。据此，有时可很快成章，但更多的时候需要持续发酵……接下来就是组织语言。文学是语言的艺术，散文诗重要的美学特征就是她精美凝练的语言，当初和持续让我喜欢上散文诗一个重要的原因就是因为她的语言美，那些美的散文诗语言常常能打动我的心。"语言依附于这种情怀，自然消长，这是散文诗语言形成的一种最佳状态……"（耿林莽），他还说："进入的语言，应兼具诗美和散文美的散文诗语言。"我渐渐地认识到，一章散文诗的语言，应该向散文情节描写美或叙事抒情美和诗的意象美的语言的方向去努力。一个时期的作品，或者在叙述、描写和抒情的语言上占据着过多的篇幅，还没有意象语言的自觉，或者，有的仅仅是在语言中找到一些音乐的节奏或情绪的流动，或者仅有少许的意象。意象的不间断地轻捷跳荡如一路的流水碰撞坚硬而有棱角的石头激起的此伏彼起的浪花的美丽还没能撞入自己或读者的视野。当然，也就没有堆砌新奇意象的景象呈现。我也时常在品味和感悟波德莱尔所说的："你聚精会神地观察外物，便浑忘自己的存在，不久你就和外物混为一体了。……它的荡漾摇曳也就变成了你的荡漾摇曳，你自己也就变成了一棵树。同理，看到在蔚蓝的天空中回旋的飞鸟，你觉得它表现'超凡脱俗'，一个终古不灭的希望，你自己也变成一只飞鸟了。"对作品中意象的物我合一还要有更多的努力，当然，还将在"择取素材、精选情节与细节，以致结构、布局的创作全过程"（耿林莽）等方面做更多的努力。

语言承载着思想。"情感的浓度与思想的深度在散文诗里是不能分开的。"（陈亚丽）"融合情与思的诗文会阐发出一种内在震慑性，有如坚硬的鸟喙，啄住人心，从而才会有所启示的功能，它引发接受者深思、反省等审智活动。"（王晓悦）希望在我的散文诗美的流淌中，浸出清亮的心语或别具意味的哲思。尽量追求水到渠成，更高的境界是道法自然。犹如从青青的草地漫出的清泉，流入淙淙的小溪碰撞在圆滑或长着坚硬棱角的石头上激起的几簇浪花，或许，分流思维的向度，或者跌入山涧，探寻思考的深度，或者，从茫茫高原奔向辽阔大海，那些层出不穷的思考还有广度、力度、高度、长度、跨度、经度、纬度……

　　散文诗——我血脉和心灵深处涌动的滚烫潮汐，从日出到日落，从黑夜至白昼。